我只是一個講鬼古的人 四

港紛聽 著

陳黑龍 字

U0152271

【冤魂不息】

【靈異冷知識】

【鬼聲魅氣】

序言

三年疫情打亂了整個世界的正常運作，當然包括出版業界。筆者與之前的出版社合作接近十年，大家合作得非常愉快。可惜因疫情關係，出版社無奈停止出版新書，筆者也只好尋找另一間合作伙伴。直到今年 2023 年，在機緣巧合下認識了超媒體，在各方條件配合下，我們便嘗試合作出書。

其實，對筆者來說撰寫書中的靈異故事一點也不難，因為內容大部分是在節目《恐怖在線》中，由觀眾致電分享，加上一些筆者的實地探訪及靈探經歷，從而轉化為文字。而難就難在創作書名了！已經出版過十多本靈異著作，不少想用的名字早已用過，今次新的開始又應如何賜其名字呢？想了很久終於想通，其實「Less is more」。

本書名為《我只是一個講鬼古的人》。對，就是想簡單直接地告訴讀者，這是一本說鬼古事的作品，而作者就是一個說書人。現今 AI 世界的年代，各樣事情也變得複雜，即使眼前看到的東西也未必是真實，倒不如直接些、簡單些令讀者得到一個很準確的資訊吧！「真的假不了，假的真不了」，套用在鬼古事身上是適合不過的，因為發生在別人身上的故事，我們無法 100％確定真偽。不過，肯定的是，書中的內容 100％是來自觀眾的自述。

各位… 我們開始吧！

旅遊・酒店

入住長洲東堤度假屋朋友鬼上身

　　長洲島上同日發生兩宗命案，一宗發生在東堤度假村內，懷疑是情侶謀殺案；另一宗是五歲小童遇上車禍死亡。事件被報道後，不少人覺得很邪門，尤其是發生在度假村內的事件，因為這個猛鬼度假村又添一冤魂。

　　之後筆者在網上靈異節目，請來住在度假村內的村民回應事件，村民安仔說：「警方到場調查時我並不在現場。其實多年來已發生過很多類似事件，住在裡面的人也不會有很大感覺，而且我知道一般事故單位業主，往往會很快速清理現場，可能上午清潔完，晚上又會將單位放租。」

　　筆者聽到後也覺得甚是誇張。除了安仔回應，有另一位男觀眾致電報料，事件發生前三天正正租住過事發單位隔鄰，其友人遇上鬼上身的恐怖事件，據那位男觀眾說，這次竟然是誤打誤撞。

　　「當時我打電話去租一間長洲度假屋，根本不知道是東堤，知道後心情是有點影響，只求那個單位不曾發生過事故便足夠了。入屋後見周圍環境沒有甚麼不妥，而且是最近海邊的第一排，心想環境算不錯吧！入夜後我們開始燒烤，但周邊的單位沒有人租住，那刻有少少不安。接著我們喝了些酒精飲品。沒多久，朋友開始胡言亂語，後來還襲擊我，以我認識他這麼多年，他從來

沒有這樣古怪過，更哭了起來，說甚麼：『你要救我……快救我吧！』這些恐怖的說話。更恐怖的是，他的聲音變了另一個人，還叫我打他幾巴掌，我知道他應該是所謂的鬼上身了，而我本身是個基督徒，我立刻唸主禱文，希望可以作出驅趕。」

他說當時他真的很驚慌，同時唸著經文又要狠狠打他面頰令他清醒，在接近兩小時後才能令他平靜。「我急急帶他離開，在碼頭等清晨第一班船。因為實在太恐懼，一些個人物品例如喇叭及叉電器等也有沒有帶走，之後業主打電話給我問個究竟，我很氣憤的跟他說，你的單位有不潔淨的東西，不過他當然說這是不可能的。」

長洲東堤度假村由八十年代開始至今，像已受到詛咒一樣，究竟它何時才能走出魔咒呢？

長洲西園詭異歌聲

長洲這個島嶼，一直以來都供給我們很多豐富的靈異題材，最聞名當然是「自殺聖地」東堤小築。此外，還有已清拆的方便醫院及紅梅山莊，以及西面的墳場一帶的主角—西園。

「西園」原名西園農莊，是五十年代起由一個船廠家族擁有，作為私人花園度假之用，園內種植了大量竹樹及不同的花草植物。由於西園面積廣闊，加上曾被主人像半廢置的狀態下處理，平日只安排一對老夫婦看守，結果靈異傳聞變愈鬧愈盛。最多人向筆者說：「明明西園已經荒廢了那麼多年，為甚麼夜晚總會聽到有奇怪的粵曲聲及拉二胡的聲音呢？」

早前筆者收到了一位觀眾的來電，他回應了這件事件。「可能有些觀眾都知道，西園現在已變成了一個可供人露營的地方，我便是一位管理這露營場地的職員，對於這一個傳聞，我可以肯定告訴大家是人為的。因為之前有太多人偷偷進入園內靈探，負責看守的老伯便想出這條鬧鬼的絕橋，希望杜絕一些年輕人繼續騷擾」。雖然如此，由於營地旁是墳場地帶，筆者亦聽聞一個真實撞鬼的個案。

一位長洲人向筆者說：「我去年同朋友入了西園露營，當晚凌晨入睡不久後，感覺到有一股力量不停想進

入我身體，但由於我附近有護身符，最後它也不能成功。翌日回家後，我發現屋企一個玉如意擺設無端斷了，同一晚上也發了一個很恐怖的噩夢，我心血來潮去了衣紙舖查日腳，竟然查得出我真的是去了西邊而撞到靈體，結果燒了一些衣紙後便回復正常了，之後一入夜我便不敢行去那個方向。」

　　有興趣去感受一下靈界力量的朋友，不妨到這個營地住宿一晚。

台北龍山寺靈異命案

2022 年 9 月在台北著名的龍山寺女廁內，發現了一具年輕女性的遺體，據報是一名香港女學生，而且已死亡了一段時間。本是一種普通的屍體發現案，但詭異的地方是在廁格內發現了死者留下的兩張字條，分別寫上「對不起，麻煩了你們，要清理很麻煩」及「請原諒我，不要隨便跟靈界的人溝通」。就是因為她這兩張字條，令到整件事與靈異事件串連起來。筆者的觀眾紛紛要求我討論這件事，然而我人在香港，幸好有一位住在台灣的香港靈異主播 Anderson，可以為我到現場作深入了解。

事發翌日，Anderson 走進了龍山寺附近看看環境。「我到達現場時，寺廟仍然開放中，但是人流不是太多。寺廟的人員似乎很有戒心，我問及關於那女生的事件，他們都三緘其口，還很緊張問我是哪個採訪機構。由於在他們口中得不到任何資料，我只能走到廁所外圍影相作紀錄；而我看到事發的廁格，仍然是被封鎖的。」

剛剛好，那天筆者靈異節目的嘉賓是能與靈魂溝通的通靈師「慧慧」，我給她看了整段新聞以及事發的相片，慧慧便獨個兒走到了會議室內嘗試與死者溝通。過了數分鐘後，筆者看到她滿臉蒼白，而且還有點顫抖說：「每次要與死去的人通靈時，我都會進入他們視覺的第一身，感受到他們所遇到的經歷。以我所看到的，這個女生生前與一些靈體有著某些承諾或協議，她應該是開始修練

一些法術之類。她的死亡並不是自願的，而且從那兩張字條我感覺到，她是被靈界操控而寫下的。當然我不夠膽百分百確認我看到的是真相，不過她的死亡的確是與靈界有關。」

　　這件靈異事件暫時仍然是個謎，更有討論區的人說，女死者曾求助。無論如何，希望她得到安息。亦希望藉此告誡，靈異的東西是不能亂接觸的。

14 我只是一個講鬼古的人

領隊遇海外亡魂電話求助

　　隨著世界各地大部分國家為了恢復經濟，旅客已不再受出入境限制，可自由進出不同國境，有關旅遊的靈異事件，相信亦會隨即增加。筆者早前邀請了一位 YouTuber「高佬」出席節目分享個案，他本來是從事旅遊業的領隊，因疫情關係便停了下來。回想多年來在這行業打滾，他多多少少也有這方面的經歷。

　　根據高佬記憶，事件大約發生在 10 年前。「當年我仍是初入行，便帶團到台北，而下榻的酒店位於桃園區。由於這間酒店坐落於一所高爾夫球場內，可想而之面積是很大，但相對氣氛則頗為荒涼，感覺上還有些恐怖。其實到達這酒店約兩星期前，我工作的旅行社另一團，有一個團友在酒店房的浴缸內突然猝死，這件不幸事件，當然在我們旅行社內鬧得熱烘烘。之後酒店只安排這間房給領隊或導遊使用，我知道後當然不會入住，結果我與另一導遊自行到附近一間小旅館暫住，但靈異事件始終避不開。」其實高佬當晚沒有遇上任何靈異感應，但翌日，當他翻看手機時出現很多難以解釋的事件。「原來我的手機在凌晨時分自動發了 3 個 WhatsApp 訊息，其中一個發給我媽媽的訊息，有三個太陽符號 emoji，另外兩個也是沒有意思的 emoji 訊息。此外，更不可思議的是，從我手機打出了三個電話，分別給我媽媽、太太及一位朋友。而我太太因為深夜沒接聽，最後傳送到留言訊息，我太太後來聽到很空曠的聲音，而且沒有任何

人聲。」高佬說：「由於我們公司的 Logo 與太陽有關，而我帶這個團同之前出事的團，屬同一個行程，加上我知道意外後沒有為死者進行過任何超度儀式，可能是死者想給我訊息要我幫助他。之後，透過一些台灣法師處理後，我們領隊再沒有遇上與此有關的怪事了。」

銅鑼灣酒店「無主孤魂事件」
終極篇

　　如果閣下一路有留意筆者的靈異節目，由以前電台年代的《恐怖熱線》發展成現在的網上節目《恐怖在線》的話，或許你對發生在十多年前的「銅鑼灣酒店後樓梯無主孤魂事件」不會感到陌生。

　　多年前一位熱愛靈探的年輕人誤打誤撞下，於銅鑼灣某酒店後樓梯發現一個被供奉的神主牌，上面寫着「無主孤魂」，很明顯這是供奉一位無名無姓的靈體，筆者有跟該年輕人去過現場視察，當時真的感到驚訝及恐懼。

　　事隔不久卻收到他自殺離開了人世的消息，筆者感到十分痛心。而他的離開，據說是本身有經濟問題，亦可能與他發掘了這個無主孤魂女靈的事件有關，之後筆者便決定不再提此事好了。

　　然而，事件為何到了 2022 年再被重提？筆者最近從網絡上知道，不少台灣的靈異愛好者對這件事很感興趣，加上全新 YouTube Channel《返去舊事嗰度》剛推出，筆者決定打破自己的忌諱，希望尋求整件事的真相。首先，我去了一位法科師傅的神壇上拜請六壬仙師，仙師竟然立刻俾出一個筊杯，表示可以向這位靈體進行通靈，於是筆者聯同師傅重遊舊地。

　　當到達神主牌位置，所問到的全是伏杯，表示該靈體不願意再溝通。後來師傅靈機一觸，知道可能要先給她燒祭品。結果真的一如師傅所料，當女靈收到東西後，問出來的也是筊杯，而她亦承認現在於陰間跟這位年輕人一起，但並不是她「帶他走的」，這個答案可說是一解作者多年來的心結。而師傅亦為其靈位作打掃，及送上她要求的鮮花。到現在，整件事可謂圓滿結束，而最重要的是，希望當觀眾再看到這個「無主孤魂」木牌時，已不存在恐懼之心。

Staycation 撞鬼事件

因疫情關係癱瘓全球旅遊業，一向愛好出行的香港人也只能乖乖留在香港，所以 Staycation 便應運而生，這件靈異事件便發生在荃灣區的一間酒店式公寓。女事主：「我和男朋友在這段疫情期間，也喜歡到不同酒店享受一下，以往從沒遇上過怪事，今次可以說是第一次，而且原來並非偶然。」

女事主和男朋友 check in 後一直相安無事，到凌晨過後便有不妥了。「我和男友看完電視準備入睡時已是三點多，但當我差不多入夢時，突然聽到有個男人近距離貼在我耳邊，不停發出一些聲音，像鬼食泥般聽不清楚，接著便是既定的劇情，我動彈不得，應該是俾鬼壓了，幸而我沒看到甚麼驚嚇的東西，而怪聲及俾鬼壓只間歇出現了兩次，之後我沒多理會便再入睡了。這件事不太恐怖，但令我心寒的反而是它的後續。」相信女事主是個靈異愛好者，她竟然事後在網上找到一些相關的資料。「我在一個靈異討論區，看到網友分享一個鬼故事，他們也是一對情侶入住這間酒店，更不可思議的是竟然也是同一樣的 108 號房」。

據女事主提供的資料，那對情侶入房不久後已不停聽到有女性的怪聲出現，他們最初還以為是電視機發出，之後又以是鄰居，總之找不出原因，但這把女聲一直到清晨才消失。不過，最恐怖的是，原來她的男朋友在睡

覺中突然看到一個灰白色的人型物體出現,而且整晚在徘徊,其男友心裡說:「不好意思,我們只是住一晚。」好彩,最後他們也能安然度過。

　　拜疫情所賜,香港人才有機會體驗到在自己地頭的酒店撞鬼。

又 Staycation 撞鬼

　　因為疫情關係，香港人多住了本地酒店，筆者因打聽多了香港酒店鬼古，本欄內容亦多次涵蓋這個主題，今次涉及荃灣某間酒店，而供料者是兩個不同個案，但竟然在同一房間出事，巧合得很，故令人毛骨悚然。

　　一對情侶被升級入住了那間高層房間，但當踏入走廊時已感到冰冷及不舒服。「我們一看到房間的開揚設計本感覺不錯，但最奇怪的是廁所門竟然是鎖上，最後要職員到來才能打開，但他的表情似乎有點古怪。由於我男朋友是個高靈人士，他千叮萬囑我如非大、小解便不要走近廁所，我已大概知道是甚麼一回事了」。此外，他們不斷聽到從廁所發出的滴水聲，但走入去看又沒有漏水的情況。「而最恐怖的是，當我們吃完飯返房時，廁所的浴缸竟然浸滿了水，我們離開前根本沒有開過水，真不可思議，我和男朋友決定不再逗留，走到附近的海旁邊傾偈到天光好了。當天一亮，我們馬上返去拾回物件，男朋友還質問職員為甚麼給我們有問題的房間。然而，當關了房門之後，裡面的電視卻自動開著，聲音還越來越大聲，真是很可怕，我發誓以後也不再入住這間酒店了。」事後，高靈男事主才敢向女朋友說道：「我見到有個女靈體浸在水缸中，雙腳卻伸了出來。而且之後她給我看，她像利用一條黃色絲巾在上吊自殺的」。更不止，該女靈體還說道：「你沒有看過人自殺嗎？」筆者聽罷也感到驚嚇。

　　無巧不成話，之前又有另一觀眾報料說：「我女朋友說在廁所沖涼時，不時覺得上方像有條繩吊著東西觸碰到她身體，但再看清楚又沒甚麼。還有電視會自動轉台，總之感覺怪怪的。」根據前、後者的資料，筆者確認是同一房間。筆者後來在新聞資料找到，在去年曾有一女子曾在該酒店用絲巾上吊自殺……

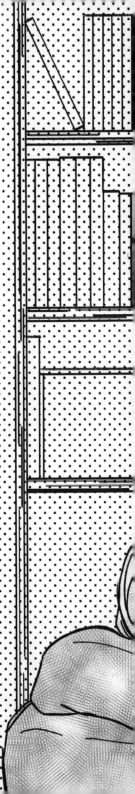

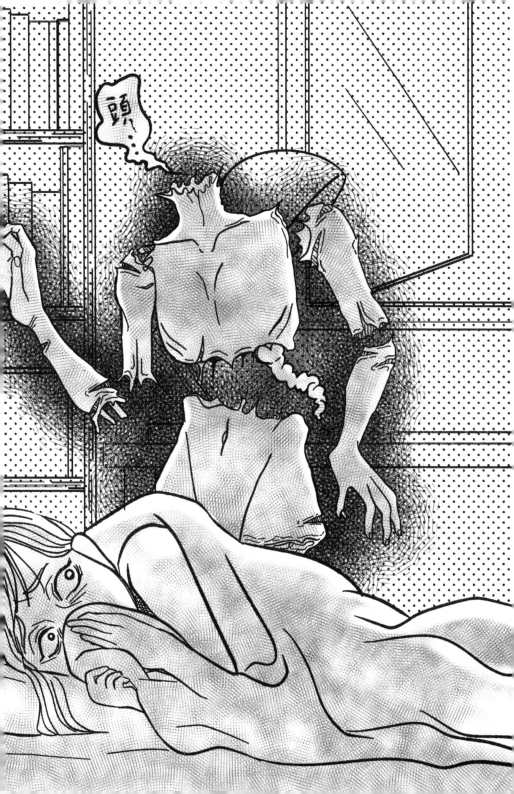

凶宅亡魂幫地產經紀促成生意

　　地產經紀睇樓遇上凶宅而發生的靈異事件聽過不少，大多數是死者亡魂不喜歡有人入住自己生前的單位，盡其辦法令交易失敗。而最近筆者聽到一單頗為罕有的案件，竟然是凶宅亡魂令地產經紀促成生意。地產經紀阿蔡大約在 2012 年左右入行，當時他剛滿 20 歲，年少氣盛不太相信鬼神之說，但這件事令他畢生難忘。

　　「那天，有客人要求找低價上車盤，我找了好幾個，他也認為價錢太高。於是，我說有一個事故單位價錢比他的要求更低的，而他竟然立刻要求我帶他去睇樓。」據阿蔡所說，這個凶宅單位是屬於跳樓類別，相對其他自殺方式或者屬於兇案的單位買家較容易接受。「那個單位給我第一個感覺是頗為良好的，因為全新裝修，客人看完之後竟然立刻說要落訂。對於我這個新丁來說，那麼容易便促成一個凶宅交易真是很難得，於是我立刻找業主簽約，怪事便開始發生。」

　　當阿蔡準備將文件交給業主簽名時，腦裡突然一片空白。「真的很奇怪，我開始流鼻血，記得業主還給我遞上紙巾來止血。簽好臨時合約後，我便急急去見另一租客，需往分區舖頭借鎖匙睇租盤。」突然，一位女同事跟阿蔡說：「你的氣色很差，是否剛剛促成一宗凶宅交易？」阿蔡此時十分愕然。

　　「我們是不同舖頭的，也未上報交易資料，她根本不可能知道我已簽了臨時合約。更奇怪的是，她叫我要還一些東西給他，我當時一頭霧水。翌日一大清早，再次提醒我要還一些東西給他，這刻我才意會到是死者幫我促成這單交易。那個同事更吩咐我返單位上香，再燒金銀衣紙給死者。當時我獨自在單位上香，大聲叫死者跟我到樓下收衣紙，入到電梯更感受到有一股力量與我同行。當完成後，她立刻致電告訴我，那個靈體已經收到了，整件事對我來說真的很震撼」。

　　阿蔡自經歷過這件事後，由一個不太相信鬼神的人，到今日自嘲是整個地產界最迷信的地產經紀了。

到訪超級凶宅

　　所謂的「超級凶宅」，雖然沒有一個標準定義，但相信大家會認同單位曾經發生過極兇殘的命案，一般自然病死、跳樓，甚至吊頸也有過之而無不及。香港其中一間被定義為超級凶宅的單位，就是康怡花園 D 座低層 12 室。該兇案發生在 1987 年，女事主將丈夫扑死，然後將屍體分件放煲內烹煮再分批棄掉，這就是香港經典的「烹夫案」。最近，筆者認識的一位風水師傅說：「我有一位朋友對這個凶宅有興趣，約了地產經紀去睇樓，你會否一同上去看呢？」筆者當然二話不說應承，那天便帶着興奮且戰戰兢兢的心情進入該單位。

　　由於這個單位現時已是一個所謂「鎖匙盤」，裡面已經沒有人住了。當地產經紀打開門時，筆者第一個感覺是挺好的，雖然位於低層，但前面沒有任何樓宇遮擋，室內光線頗充足。加上能夠看到樓下的平台花園，驟眼看起來也不是想像之中那麼不舒服。不過，當與師傅一起進入睡房時再看，就知道出現問題了。師傅說：「你看到外邊的嶙峋山景嗎？由於太接近，這個嶙峋的山石在風水學來說就是一種煞氣。」師傅計算過當年出事的年份，正正對女主人的情緒有極大影響，或許這就是造成這次家庭悲劇的一個環境因素。而在靈異層面裡，之後亦傳出發生在這個單位的種種怪事，據說後來租給一戶外籍人士後，靈異傳聞才平息了下來。其實，當日地產經紀開了兩次才能成功開門，而師傅後來在大廳拿起

羅更計算方位，但指南針竟然不停浮動。「指南針出現這種不穩定，表示單位的確存在靈體，而且應該就在我附近，他的磁場影響了指南針的浮動。」

　　究竟這個靈體是當年遇害的那位男士，還是其他人呢？這個便無從稽考。但筆者能夠進入這個超級凶宅，第一身想像當年發生慘劇的景象與過程，其實是多麼的震撼。

地產經紀誤打誤撞闖凶宅

　　筆者有超過 20 年主持靈異節目經驗，每逢談到有關凶宅話題，收聽率一定會比其他話題高。最近認識一位擁有靈異體質的 YouTuber Jackie，她向筆者分享了一件在 20 年前遇上的靈異事件，這件事令她畢生難忘。

　　Jackie 雖然沒有陰陽眼，但算是一位「高靈人士」。20 年前她是一位地產經紀，新入行的她工作不久，「有幸」進入過一間超級凶宅，而犯案的人，就是人所共知的殺人狂魔林過雲。「當時我在土瓜灣區工作，有一天有客人要求大約 200 多萬的單位，買一間面積較大，可以一家幾口共住的單位，由於選擇不多，我只能找一些比較舊的唐樓單位給他看。此盤我與另一間公司的經紀合作，俗稱合作盤，找了一個符合他要求的低層單位。那天睇樓，我一出電梯後已經有種天旋地轉的感覺；當進入單位內，客人們興高采烈地四處觀看，由於我是第一次進入該單位，不期然四處查看一下。然而當進走入廁所時，眼前看到一個令我驚訝的場面，那個浴缸很舊式，是有四隻腳支撐著的一款。而最可怕的是，整個浴缸染上如血紅般的顏色。就在這時，腦海突然浮現那個浴缸向我衝擊的畫面，我立刻走出廳叫拍檔及客人離開，不許他們追問原因。」事後，Jackie 返到地產公司查看資料，才知道這是林過雲的住所。「之後，我立刻致電那個拍檔，運用連串粗口問候他，為甚麼不向我說明那個單位的背景。」

　　雖然 Jackie 沒有看到任何靈體出現，但相信是受害者曾於浴缸內被分屍，然後將畫面呈現給 Jackie 看吧！

鄰居自殺後出現靈異事

　　佛教有說，自殺之人因陽壽本未盡而自行了斷生命，離世後會不斷出現在自殺地點，重複承受著痛苦，因此自殺根本不會是個解脫，而是另一個痛苦的開始。早前筆者收到一個女士來電，說大約自半年前起，住在隔壁的一位太太與囝囝一同自殺過身後，她常感應到其靈魂一直在身邊。「我們兩單位真的很貼近，在她生前大家常見到面，彼此也算熟落。當知道她和囝囝出事後，我當然很難過，但想不到我竟然會聽到她的夜半哭聲。最初只是在門前若隱若現地聽到，後來在房間也聽到聲音，所以我想告訴潘生這件事，因為她生前曾致電你的節目求助，相信你一定會記得。」當筆者聽到她這樣的陳述後，即時毛管也戙起來。

　　大約發生在 2022 年 7 月份，有位石姓太太來電節目說：「我懷疑我的囝囝有靈異問題，因為他情緒出現異常，不知道可否請高靈人士幫手了解呢？」由於當時石太太在電話裡說得不太清楚，我還來不及幫她處理，數天之後看到新聞，一對母子在睡房燒炭自殺。據知，是因為疫情關係，兩母子失業了兩年，而囝囝欠下債項，結果選擇了這條不歸路。而根據當日她提供的姓氏及相關資料，筆者知道就是石太太。當然得悉後會感不安，所以決定到上址向石先生了解詳情。

　　據石先生說，他現在獨自一人居住，生活上也有困

難，「因為經濟問題，我根本沒有能力為她兩母子打齋超度，所以鄰居說有這種感應我也會相信的。」石先生憶起親人泣不成聲。筆者立刻聯絡相關的殯儀師傅及法師，大家也願意出錢出力為兩位先人安排法事，至今法事已完成，但願兩位死者可以儘快超生。

地產經紀爆料邪術開單

　　香港地少人多，加上中國人須要擁有自己一頭家的概念不變，香港樓價高企一直有價有市。亦因為這樣，地產經紀從業員為了爭生意，競爭亦非常激烈。早前一位前地產經紀在筆者的節目上，大爆原來有地產經紀會利用邪法迷惑買家，可是到頭來自己也得到報應，這種情況也不是第一次聽聞。陳小姐大約在回歸後便開始投身地產行業，以下這個案就是她親眼目擊的一件事。

　　「當年我初入行，要跟着分區經理及上司睇樓，我們帶了一對夫婦去荃灣某私人屋苑(其實這個屋苑已出名猛鬼)。那位太太要求一些較新穎裝修的單位，但當上司開門時，單位似長期沒有人住，更傳出濃烈的臭味，裝修亦像六七十年代的設計，最恐怖的是那些紅色窗簾，令人不舒服。我的上司突然將那對夫婦拉到屋中一個角落竊竊私語，很奇怪，裡面沒有其他人也沒有其他聲音，我竟然很努力嘗試聽他們說甚麼也聽不到。接着上司更帶著這對夫婦入了睡房關上房門，令我感到有點古怪。不過當時我『做細』，沒有想太多，又或者上司不想我知道他們之間有甚麼協議。一會之後，那對夫婦竟然立刻落訂，甚至沒有向業主還價，那天晚上便立刻與業主簽約，那間價值約 800 多萬的單位，上司像不費吹灰之力便與買家簽約成功。」

　　可是，當成交不久過後，業主竟然向陳小姐說：「我

根本不喜歡這間屋，真的不知道那天為什麼那麼快會決定買下，我現在決定放賣」。陳小姐知道之後，回想起當天她上司所做的古怪行徑，便知道事件應該有點不尋常。於是她在一次同事間飲酒作樂的活動上，趁其上司有點酒意，便問上司是甚麼一回事。「那天晚上他的確對夫婦耍了一些法術。他還說，在當時行內很普遍，我聽到覺得這樣做真是很不對。然而，大約在半年前收到消息，那位上司下半身已癱瘓，而且亦已離婚。我心想，是他得到了報應嗎？」

大家也知道，做銷售行業的員工經常要跑數而有很大壓力，但用邪術來迷惑人去達到自己的目的，最後必定害人終害己。

凶宅遺物整理師

　　在眾多行業裡面，有甚麼工種最厭惡？地盤？苦力？通坑渠？殯儀？其實很難定義甚麼是厭惡性工作。不過，如果說是凶宅裡的遺物整理師，大家又覺得對嗎？隨着早前韓國大熱電視劇《我是遺物整理師》播出後，不少人對這項工作加深了解，更覺得從事這項工作的人很偉大，少一點勇氣以及服務精神也難以應付。當屍體被發現，可能已經嚴重腐爛，屍水及血水混合而成的噁心氣味沖天，這項工作會有多少人能夠頂得住呢？筆者近年認識了一位只有二十來歲的凶宅遺物整理師泰哥，從他向筆者分享工作時的經歷以及現場所看到的相片，令我對他這份敬業的精神是百分百尊重的（這裡所指的凶宅，是在單位內發現屍體，無論被害或自然死亡）。

　　究竟泰哥為甚麼會做這份工作？「我原本是從事殯儀以及衣紙舖工作，後來有位主家主動希望我們可到事發單位處理先人的遺物及清潔，從而得知在市場上有這需要。」究竟泰哥有沒有遇上過靈異事件？答案當然是有的。「大約一星期前我又接到 order，家人說那位死者是自然離開的。可是一踏進單位，發現血跡斑斑，而且在地上也放了很多工具，如果真的是自然死亡應該不會這樣，由於我同事也有點懷疑，選擇立刻離開。之後，我和另外兩位同事便立刻出現一些難以解釋的古怪現象。泰哥的一位同事當晚出現吐血的情況，另一位同事無緣無故流鼻血，而泰哥本人亦有屙血，三人不約而同地出

現與「血」有關的奇怪病徵。

　　「我本身有也有學法科，調查過發覺這個案並不簡單，相信主家沒有坦白一切，我便決定不接這單工作。而我和兩位夥計用了一些法科的醫治方法便很快痊愈，我相信死者是有怨念，不去處理相信是最理智的方法」。泰哥補充說：「我選擇做這偏門行業也是想服務死者，也會遵守一定工作守則，例如不能偷取死者的遺物，以及要知道先人真正的死因這才能令工作順利進行。」

跑馬地灶底藏屍凶宅

香港自開埠以來發生過數宗灶底藏屍案，當中最轟動的應該是發生在 1975 年牛頭角下邨的一宗。而筆者今天所講的是 1967 年跑馬地黃泥涌道有一幢大廈，一對印尼籍母子的屍體被斬開十多件再埋於廚房灶底，結果八個月後才被發現。據說是由女子前夫下毒手，兇手逃亡返印尼後亦被捕，被判刑二十年。由於年代久遠，資訊也沒有那麼發達，很多人遺忘了這案件。但筆者最近收到一位日本朋友 Atro 的資料，原來她的一位香港朋友的家人正正住過該凶宅。

據 Atro 說，朋友還未出世的時候，家人曾經買入過該凶宅。「當時我朋友的哥哥剛出生，朋友的嫲嫲擁有陰陽眼，她說當他們搬入不久便常遇到怪事，例如家裡的東西會無故消失，又常在廚房聽到女子的聲音，他知道這個女靈體非常不滿意他們住在這裡，要他們立刻離開。朋友的嫲嫲唯有跟這個女靈體作協議，承諾會每天上香供奉。但有一天他們忘記了上香，朋友的哥哥在睡覺時突然驚叫，更面容扭曲，呼吸出現困難，令眾人十分恐懼，最後決定放售單位。其實他們住了不足一年。」

當 Atro 的資料在節目播出後，有心水清的觀眾提醒筆者，原來大約兩年前，一位地產經紀致電節目，指他曾經帶客人看過這個凶宅。「大概是 2010 年左右，我帶了一名女客人去看這個單位，當時我對它的背景毫不知

情 ，但入到去看之後感覺很奇怪，大門後竟然見到一個約有 200 呎大的廚房，當時我便說了一句，這麼大的一個廚房應該可以容納兩個人睡了，相信就是這句話得罪了裡面的靈體，我之後更大病了一場。整間屋的布局真的很古怪，是六十年代的設計，即使開了所有燈也非常陰暗，由於實在太殘舊，我的客人看了不久便離開。返到公司跟同事討論過後，我才知道單位曾發生過命案。」究竟現在這個兇案單位的情況如何呢？根據資料，原來整幢大廈將會被拍賣重建，該凶宅將會成為歷史。

資深男演員大陸拍戲鬼上身

　　鬼上身的事情常有聽到，筆者也親身見過。事主一般會失去理性、意識模糊不清，或會變得力大無窮，甚至乎殘害自己，通常要動用宗教力量來控制。筆者認識一位姓邱的女玄學師傅，她在節目分享處理一位資深男演員鬼上身的個案。

　　「我表哥是娛樂圈中一位著名導演，多年前他在大陸拍戲，那部電影是以戰爭歷史為背景的，而男主角是一位公認好戲的資深演員。表哥告訴我，他們開機拍了數天那個男演員仍不在狀態，無論對白與走位皆不能符合要求，與他一向專業的表現差天共地，表哥更發現該男演員每天像在魂遊的狀態，他開始懷疑是否撞鬼。由於是表哥的關係，我二話不說立刻起程前往拍攝地點，表哥安排我們三人在酒店房會面，當我見到男演員時，我已知道他有靈體附身，接着我便開始跟他溝通。原來這個男靈體就是劇本中那位烈士的兒子，他問為甚麼要講述他們的家族歷史，亦擔心內容會影響家族聲譽，所以影響了男主角，企圖阻止拍攝。」

　　當真相大白時，邱師傅表哥便向他擔保內容是正面的，希望靈體不要誤會。「我跟他溝通過後，翌日拍攝時，男主角亦回復狀態。可是，那個靈體也一直身處於拍攝現場作監督。」筆者問道：「那男演員知道自己被附身嗎？」師傅說，由於該男演員有其自己的宗教信仰，

所以也不方便告訴他實情，但導演也將之前 NG 的片段放
給他看，他也不能想像自己會有這樣的表現。「我相信
只是誤會一場，我也應承該靈體做一場法事超度他。或
許我們做了件好事，這部電影的票房也很理想。」其實
在拍攝期間遇到靈異事件實不足為奇，但是靈體基於這
個原因而出現作騷擾，卻是比較罕見的。

蕙姨經理人得罪靈體險死

有時說話的殺傷力比真正用武器傷害性更大。筆者最近返到九年前曾到過的一間西貢廟宇拍攝，記得當年邀請了一班女模特兒及一位法科師傅，在廟裡面進行招魂儀式，當中夏蕙姨的一位契女 Amy 艾美琦突然鬼上身，且胡言亂語大叫大喊，師傅做了一個通宵的儀式驅邪。九年後，筆者邀請 Amy 回憶當時的情況，她仍然認為這次的經歷是畢生難忘的。

除了這次靈異體驗外，Amy 分享了一次她與夏蕙姨經理人「小肥豬」在澳門電視台進行拍攝工作期間所遇到的恐怖事件。「大約 4 年前，我在化妝間沙發上小休。當時發了一個夢，有一位着灰色制服的伯伯向我說話，並指出我身邊的姊妹，誰是好人誰是壞人，叫我要一切小心。突然間，我聽到『小肥豬』大聲叫醒我，我一起身便看到其他工作人員很緊張告訴我說……有鬼。原來小肥豬想用手機拍攝我睡覺的醜態，但手機無緣無故關上，出現黑色屏幕之後，一個白影在屏幕上由左飄去右，之後便消失。小肥豬從來不信鬼神，他看到這情況也衝口而出說不會相信。」而在返港的船程中，小肥豬的精神狀態便出現異樣，跟他平時愛笑愛玩的情況有異。過了不久，小肥豬突然心臟有問題，原來只餘十分之一的功能。「我們立刻請一些師傅去查看，得知他得罪了靈體。然而正準備開刀做手術之際，醫生竟說他的血管很正常不需要進行手術。可是，他的心臟只能回復至不到

正常的一半，仍需靠心臟起搏器維持生命。據小肥豬講，他在醫院時曾呼吸困難，其時聽到一把聲音在耳邊教他如何呼吸，最後順利度過危險期。」電視台的主持後來更證實，原來有員工曾猝死在那個化妝室，相信事件與他有關了。

林雅詩檢疫酒店撞鬼

　　女藝人林雅詩 Grace 之前從英國短暫回來香港工作，她數年前因為屋企遇上靈異事件，她經一位中間人與筆者聯絡上，從此我們便認識。日前，她再度與筆者靈異節目分享個案，這次是她住在檢疫酒店所遇到的怪事。

　　Grace 說，她今次選擇下榻於一間西環區的檢疫酒店，她回港時仍需要七天在酒店檢疫。「當我一到酒店大堂後，已發現這間酒店又殘又舊，之後拿到鎖匙到達樓層時，最不想發生的事竟然真的出現，因為是一間尾房，當刻心裡已經有一點不舒服的感覺。房間空間不是很大，最古怪是房的光線並不充足，大廳只有兩盞射燈，整間房昏昏暗暗。打開衣櫃，看到裡面漆黑一片，感覺像有條通道通往哪裡去的。我說服自己不要多理會，只求平安度過 7 天，慶幸第一晚沒有怪事發生。」

　　不過，Grace 沒有那麼幸運，由第二晚開始，古怪事件便不斷出現。「首先，因為我很怕黑，當我一個人住酒店時，會開着電視陪瞓覺，但我發現電視會不停跳台，甚至出現接收訊號不佳畫面。我知道電子儀器失靈時有發生，所以算了吧！接著到廁所，我很喜歡高溫沐浴，所以整個浴室會煙霧瀰漫，突然我看到浴室鏡子因為太多蒸氣的關係，竟然呈現了一個八卦陣的圖案，雖然我對這些風水玄學不太認識，突然看到這圖案心裡很驚慌，會不會是用來鎮壓靈體？媽媽有致電問我酒店舒適嗎，我

吩咐她不要涉及這個話題，我很怕會觸犯他們，但其實這個圖案令我很不安，但為了多一事不如少一事，我決定當冇事發生。」不過筆者認為，如果我們看到這情況未必一定同靈異有關，可能是屬於惡作劇，因為筆者知道有些裝修工人或酒店員工，會先在玻璃面上塗上一些物質，當沖涼房布滿蒸氣時會出現圖案。Grace補充：「當我夜晚睡覺時，常常在牆背後聽到很嘈雜的聲音，但因為我是住尾房，後面根本不可能傳來別人的對話。還有，我房間對面是員工專用電梯，也會在無人時傳來很多敲擊聲響。而到了第五晚時，洗手間的燈膽突然啪一聲燒了，這刻雖然覺得很無助，但只好頂硬上捱到最後。」

以往我們聽過很多在外地酒店撞鬼的事件，因為疫情關係，本地酒店靈異事件，就開始從 staycation 或隔離酒店乍現。

DJ 陳漢詩親述電台撞鬼

　　如果閣下於八、九十年代，聽收音機撈飯的話，應該會對 DJ 陳漢詩 (Jennifer) 不會陌生了，與她同期出道的還有周慧敏及黃凱芹等。及後，她轉到新城電台開咪，而筆者亦因此認識到 Jennifer。可是，她不久便離開香港到法國深造，能與她聯絡的舊同事亦不多。由於 Jennifer 在香港電台工作的時間曾傳出她遇過不少靈異事件，但礙於一直未能由她親口作證，以往關於她的經歷只能由別人口傳而來。直至早前筆者突然知道 Jennifer 與另一舊同事方家煌開了一個 YouTube 頻道，主力分享他們於法國與英國生活點滴，久違了的 Jennifer 終於出山，而她更主動向筆者說：「之前其他人誤傳了我的經歷，不如我正式在你節目講述一次，以正視聽好了」。

　　每個電台新人多會被安排做通宵節目作訓練，Jennifer 亦不例外。「當年某一晚我正主持通宵節目，突然在我一邊耳筒傳來很古怪的聲音，我會形容像船的響安聲，真的很奇怪。當我還未知發生什麼事時，我面前存放電台宣傳聲帶的盒子，有數個竟然震動起來，而且還跌落地。雖然真的很恐怖，但我一定要保持冷靜，因為當時整個電台只有數人當值，如果我離開直播室，整個節目便會 dead air，這是個很嚴重的失職，我一定會被炒，所以我立刻走到旁邊的另一錄音室打電話求救，幸好這個震盪只維持數秒鐘，之後我不敢再做通宵了。本以為撞鬼後便會很倒楣，豈料，高層之後安排我做下午

黃金時段，算是焉知非福了」。這次由 Jennifer 親述其撞鬼過程，總算得知一個經典電台鬼古的真實版本了。她說「我還有其他在法國的個案可以分享的。」筆者也期待著。

郭羨妮有鬼古講

　　筆者的一位舊同事，他近年成為藝人的經理人，有天他向我說：「你知嗎？原來 Sonija 是你節目的付費會員，她是你的忠粉。」聽罷的確有點意外，然後我向他說，麻煩代我向她說聲多謝。Sonija 正是 1999 年香港小姐冠軍 - 郭羨妮。自此之後，筆者便偶然會在社交網絡上跟 Sonija 開始交流起來，但始終還未有機會見面或直接對話。然而，經理人爆料說：「其實 Sonija 也有遇過靈異事件，但不知她願不願意在你節目分享。」筆者於是等了又等，且看緣機何時到來吧。

　　過了不久她竟然主動來電，筆者真的很驚喜。原來 Sonija 因剛聽到關於動物的個案，誘發了她來電的衝動。「一隻我已經養了 17 年的貓貓在去年過身，我們將牠火化之後，有一天囡囡在露台大叫，原來有一隻很大的草蜢飛了進來，我們住市區樓高十幾層，住了那麼多年從來沒有見過有草蜢。由於囡囡受驚，我的即時反應是打死了牠，但事後才想起，會否貓貓的靈魂依附在草蜢然後飛回來呢？」而 Sonija 亦將牠的骨灰撒落自己屋內的植物，希望可延續生命。「突然有一天，有一隻雀仔飛到露台唱歌，之前亦同樣沒有發生過的，今次我想也是貓貓回來，可是我來不及拍下相片，牠已飛走了。」此外，Sonjia 自覺曾經住過一間鬼屋。「當年我在西貢近北潭涌住過一年，但這間屋很古怪，我搬入去之後常神不守舍，沒有買過一張梳化，我只是拿了一張拍外景用

的凳回來，根本沒有心情去整理家裡一切，而且屋內一
直很冰冷。住了不久之後，我和媽媽也遇上血光之災，
兩隻狗也相繼離開。更詭異的是，屋的門鐘常無故響起，
最後我們忍受不住就搬走了。」實說，雖然 Sonija 的個
案不是太驚嚇，但難得她主動報料，作為主持人及觀眾
已很驚喜及滿足。

王秀琳酒店驚嚇事件

　　王秀琳 (Mango)2000 年出道，由模特兒再晉身成為歌手，說起來，筆者已認識她接近 20 年。不過，自 Mango 後期慢慢退出娛樂圈，我們也沒甚麼機會見面了。然而，不久前筆者收到一位圈中好友短訊，原來他跟 Mango 一直有聯絡，而且知道她近年開始修心唸佛，對靈異事件亦有所體驗，故可安排我們久別重逢。

　　多年沒見，Mango 仍然保養得宜，與少女年代的她沒多大分別，只是她在心態上現在多了宗教的寄託。「大約幾年前，因為我妹妹個人事情，我們因而認識了一位泰國女法師，她就如生神仙般不用善信的生辰八字，就可以算到我們將會發生的事，而且非常準確，所以我們便開始跟著她修行，為眾生積福、唸經及迴向等。而我也常在佛壇上感應到有眾生的存在。」Mango 私下曾在手機給筆者看過一條影片，幾位善信面向法師在諗誦時，Mango 突然感覺渾身不自在，頭也痛起來。不久在 Mango 的秀髮上竟然清晰地呈現了一個像有五官的人形物體，不過在法會上出現異象也不足為奇。

　　此外，Mango 十年前一次去東京旅行，亦曾在六本木一間五星級酒店遇上難忘的撞鬼事件。「那晚我一個人返上酒店房，一出電梯後我要經過長長並轉彎的走廊才到房間。走了不久後，我已見到在盡頭處有個人呆立著，之後他向我行近，原來是個婆婆。但她的高度只像

一個六、七歲小朋友，其時我已覺得有點驚慌。當她與我擦身而過的那一剎，她將頭部傾側望著我，最恐怖的是，她其中一隻眼是凹陷的，我被嚇得拔足狂奔，之後要朋友陪我返酒店房才安心。」據 Mango 的日本朋友透露，原來不少人也同樣遇過這個靈體婆婆。不過，即使靈體如何嚇人，也不及人類害人的恐怖，相信 Mango 經歷過當年被男藝人「鹹豬手」事件應能深深體會。

陳果導演日本拍戲拍到鬼手

　　陳果導演自 1985 年開始以導演身份拍戲，在其眾多作品中，最為人熟悉的相信是《香港製造》、《三夫》及《那夜凌晨⋯》等，而陳導演一向也喜歡拍靈異電影，之前又有一部鬼片，以香港住屋問題衍生出凶宅為題材，再次以恐怖及黑色幽默的手法反映社會現實，電影名為《鬼同你住》。

　　十多年後，筆者再與陳導演會面，見面也離不開講鬼的題材。「雖然我今次又拍鬼電影，可能因為拍攝時間太短，我又要一眼關七，所以真的留意不到在拍攝的時候有沒有靈異事件出現。」不過，說起靈異事件，陳導演也曾遇上兩次較深刻印象的，「在八十年代初，我們是首批電影製作人員進入高街鬼屋拍攝，最記得未開機之前做環境視察，鬼鬼祟祟進入大樓，最恐怖的不是見到鬼，而是看到一個臉上沒血色的看更伯伯。有一晚大約到凌晨三點左右，劇組中突然有人大叫，我們要停機不能再拍，他還大聲說我們立刻要買燒豬及祭品來拜祭，否則會有大件事。」陳導演也不知如何是好，既然他這麼說也只好相信，最後真的買了回來。「後來我們才知道原來大樓裡邊有一隻大門給我們打開了，很多靈體因此可以出來，之後我們也要再封起來。」另一次陳導演與梅艷芳等人到日本拍攝《何日君再來》也遇上不能解釋的靈異事件。「當時我們在名古屋的一條古舊村落拍攝，並安排梅姐拍一個很有氣氛的鏡頭，過程也算順利。

但返港後我在製片室看毛片，突然看到那一幕竟然有一隻很清晰的手臂呈現出來，我和攝製隊思前想後也解釋不了，因為沒有可能有一隻手能這樣出現鏡頭前而沒有人發現。」事後陳導演回想起原來當時正正有村民辦喪事，棺木也在運送途中，可能是先人不喜歡被拍入鏡頭，所以用手擋了。「後來我告訴了梅姐，她也感到有點驚慌。」

香港本土的靈異電影因為市場問題已屬罕有，難得陳果導演仍堅持拍攝本土靈異電影，各位靈異愛好者應入場支持。

Anson Lo 日本酒店遇上小朋友靈體

　　MIRROR 成員 Anson Lo 因電視劇《大叔的愛》而人氣急升，劇裡他很怕失去與阿牧這份感情。然而，在現實生活上他最怕的原來是魚頭，「你們知道嗎？我真的很怕看到魚頭，我也不知道甚麼原因，我連鬼也不怕反而怕魚頭真的很好笑。」說到靈界事件，Anson 在幾年前隨着電視攝製隊去了日本拍攝《入住請敲門》，他跟另外兩位主持人到日本沖繩一間猛鬼酒店實地測試。

　　他們被安排入住的酒店曾經有一對香港情侶，因為財務問題在房內燒炭自殺，之後便傳出很多靈異事件，包括四人在房內目睹一個女靈體和小朋友靈體。這次 Anson 的任務就是獨自在房內靈探。

　　「攝製隊要我一個人在房內將不同的糖果分散在四張床上，據師傅說這樣便很容易招惹到小朋友靈體，我當時亦開着社交媒體做直播。結果很多網上的觀眾同我講在房內有不少靈體存在，最恐怖就是不停有人在敲窗，大家在節目看到的其實只是冰山一角，基本上這些敲窗的聲音已持續約一小時。雖然我有點驚慌，但沒有直接出現我眼前，我也不至於失控。之前兩位主持也來過我的房間，也知道外面沒有可能企到其他人，加上沒有其他建築物，所以排除是人為惡作劇，這件事令我不得不相信有靈界的存在。」

　　而筆者曾經邀請 Anson 在節目玩碟仙，結果令他大為驚訝。Anson 與另外三位主持人一同進行，每人閉着眼手按着一個 $1 硬幣，然後邀請碟仙到來，最後只有 Anson 那個硬幣愈走愈遠。後來一位高靈人士看到 Anson 背後原來有一個小朋友靈體，應該是從日本跟了回香港，Anson 被嚇得不知所措。最後，Anson 的經理人要求筆者尋求師傅的協助，為 Anson 送走這個小朋友他們才安心。

　　今天的 Anson 應該不需要再害怕靈體跟着，因為人紅自然旺，靈體也難以跟身。

「大台」化妝師好多鬼古

　　發生在電視台的鬼古一向多人喜歡聽，莫說是一般聽眾，就連筆者本人也會特別好奇。香港到目前為止只有數間電視台，歷史較悠久的就自然有較多靈異事件流出，今日就分享一下「大台」的鬼古吧！

　　早前筆者接到一位曾在「大台」做過化妝師的女聽眾來電，由於她本是一名「高靈人士」，加上「大台」在這數十年也鬼話連篇，所以她真的很多貨。「有一件事我是從其他做梳化服的同事打聽到的，他們說當年惠英紅（紅姐）某夜拍完宮心計之後，可能趕著收工，所以從古裝街那邊出來，一直沿著那條長長的走廊走出到化妝間，她邊行邊除掉頭上的掛飾。突然她從側邊玻璃窗的倒影，看到一個頭髮長長的女人頭從廁所飄出來，向著走廊出口處飄出去，紅姐被嚇得唞不過氣來。不過，這件事只屬道聽塗說，還未能向紅姐求證。」然而，事主在這條長走廊也遇上怪聲。「那次我很早返到公司準備，當時沒有其他人在，我拿著東西一直走著時，我聽到後面不斷傳出有腳步聲，而且還在我耳邊出現，像啲……啲……啲般怪聲，我已知道是不可理喻的，急急腳走過便算吧。」

　　此外，事主也曾遇過一件難以解釋的怪事。「那次我記得有節目請了司徒法正師傅與幾位師兄弟一齊來，其中一位突然告訴我會在數月內出現有關腸胃的問題，

而且是不能避免，吩咐我盡量小心飲食。不久之後，我跟隨攝製隊去新加坡拍攝。就在返港前夕，大隊去了一個 food court 吃串燒之類的東西。怎料，返到香港後我肚子劇痛，同事立刻送我到醫院。檢查後發現，原來我吞下了一枝長有 4cm 的串燒竹籤，我不知道自己究竟如何吞下，醫生也覺得是沒有可能的，那位師傅的確料事如神。」這位化妝師的個案果然吸引。

李龍基與太太墮入元朗結界

七十至八十年代歌手李龍基擁有多首名曲，當中《男子漢》及《稻草人》等最為人熟悉。至今，基哥仍活躍於演藝事業，不過近年最為人所談論的，便是他與一位比他細廿八年的女士結婚，開始其第二春。早前筆者邀請到基哥太太 Chris 來到節目，分享她與基哥一次在元朗大棠懷疑遇到結界的事件。

原來基哥是模型飛機的發燒友，Chris 說：「那天我與基哥如常到元朗大棠山上放模型飛機，這個地方我們已很熟悉，基本上應該不會迷路。之後飛機飛進山間，我們很快便尋回，想折返時找了很久也找不到出路。而我電話 GPS 展示的方向，一直與我認識的方位顯示不同，當時大約是下午 5 時半，我們仍可清晰看到路徑，卻花了一個半小時仍未找到出路，我倆都開始慌張起來。突然間我收到了方伊琪的電話，其實她也不常致電給我，我立刻告訴她我和基哥的情況。」

據 Chris 所說，原來方伊琪是學道之人，她知道怎樣應付這種所謂「鬼揞眼」的情況，她立刻 send 了一段百解文字給 Chris 去讀出來，內容是「一解天星二捨八，一解地煞三拾六，一解人命七十二鬼殺 ，一解祖孽冤苦，如是而來，如是便解，不來不解，來時必解，律令律令」。「她告訴我這個百解，還有一個橋妙之處，如是男士要將文字放在左邊讀，女士則要放在右邊。真的不由你不

相信，我讀完後，便聽到朋友在不遠處呼叫我們，最終也輕鬆脫險，朋友亦奇怪為甚麼我們會走進那個不應進入的位置，而我本是基督徒，今次事件之後也令我相信拜神拜佛的力量。」

其實，除了這種方法外，筆者認識一位法科師傅，他提供了另外的兩種方法：一、如身上有打火機的話，將火打起，徘徊於自己五官之間，自己增加陽氣；二、將一啖自己的口水吐於左手掌內，然後塗在自己的臉上，這兩種方法也可即時解困。信不信也好，知道了後有備無患。

電影《何日君再來》鬼手事件再續

　　筆者曾訪問導演陳果，在與他傾談靈異事件的時候，他透露當年曾參與拍攝電影《何日君再來》，取景的地點是在日本的名古屋，拍攝期遇上有村民舉行喪事。然而，當影片送回香港要剪接時，清楚看到一隻怪手出現鏡頭前，後來陳導演相信可能先人不喜歡被拍攝，所以用手擋著鏡頭。筆者也曾在此欄分享過，想不到半年後在機緣巧合之下，認識了一位資深電影製片人 Irene，原來她曾看過這段影片，也令她感到毛骨悚然。

　　Irene 當年在嘉禾電影工作室也遇上不少靈異事件，對於「鬼手」事件她這樣回應：「有一天剪接師問我有沒有膽量看些古怪事情，背景是日本一條古村落，突然間在螢幕左邊伸了一隻怪手出來，只有前臂部分，五隻手指屈曲，看不到指甲，顏色是灰灰黑黑帶點透明，中間看見一個洞，就像給一顆子彈穿過。大約兩秒鐘之後，它便由左邊退回右邊消失了。當然這個鏡頭後來被剪掉了，所以觀眾已無緣看到這個怪異的鏡頭，這是我入行數十年以來，第一次在鏡頭前看到不能解釋的現象。」

　　另一件事同樣發生在該工作室，Irene 續說：「工作室是在斧山道的，據說之前曾是亂葬崗。有一天我們被告知整個工作室將會停電，可是我與一位電影大哥仍在裡面工作，我人有三急要去廁所。由於無電，我摸着黑用鎖匙打開廁所門。突然間，在鎖匙窿的位置，從後有

一道光射出來，當時我心想為甚麼突然有電，我轉向後面一看，還是甚麼也沒有！雖然我已快忍不住，最後也急急腳返回樓下大堂。其實這裡不只我一個遇到靈異事件，就連那位電影大哥也曾經遇上過不少，例如在沒人的情況下聽到辦公室的打字機發出聲音」。

筆者相信除了這個地方的背景，說不定留在這裡的靈體，生前可能就是這位電影大哥的粉絲們吧！

猝逝朋友心願未了

　　一般認為當人因病猝死或意外身亡，由於離世太突然，根本來不及完成人生心願，故會徘徊於陽間一段時間才能安心上路。筆者與謝雪心（心姐）認識一位從事舞台劇的幕後製作人，人稱阿賢，他不幸於大約三年前因病倒斃於某個演出場地，筆者與心姐得悉消息後，也感到十分愕然。阿賢是個對舞台劇充滿熱誠的年輕人，對他的離開，劇壇中人也接受不了。

　　後來，筆者邀請心姐到直播室拍攝片段，她心血來潮說：「Edmond，我最近左邊身莫名其妙的怪痛，時好時壞，因為我忙於拍劇又未能即刻去看醫生，可以麻煩請你們的高靈人士看一下我到底發生甚麼事嗎？」高靈人士看罷心姐的相片回覆說：「我看見一個身形有點肥胖的男子，他告訴我姓曾的，他一直跟著心姐，他們應該有個飯局約會，但未實現他便離開了。」其時，我倆在想哪位曾姓朋友呢？結果在翻查資料下得知，阿賢便是姓曾的，那份心寒的感覺即時湧出來。高靈人事續說：「他要吃揚州炒飯、可樂及一碗例湯。」既然知道他的需要，筆者立刻叫外賣與心姐一同進食，即時便完成他的遺願。之後他再留下一句「I sick leave tomorrow」，不過大家對他這句說話有點摸不著頭腦。

　　對這件突如其來的靈異事件，筆者仍帶點半信半疑，為了證實，筆者向阿賢的朋友小肥查詢。「我知阿賢真

的很喜歡飲可樂，但揚州炒飯便不太清楚。不過，那句 I sick leave tomorrow 就是他一套希望會繼續再上演舞台劇的名字，怎麼可能高靈人士會那麼清楚呢？除非是阿賢的好友吧！這件事真的很不可思議。」得到了小肥確認後，筆者不得不相信事件的真實性，而心姐的怪痛又不藥而愈。

事件還有點後著，當此事在節目分享過後，阿賢身邊一位密友也得悉此事，多年來仍未能釋懷。不過再經其他高靈人士輾轉溝通後，已開始放下了。對於這次的突然通靈事件，使筆者對靈魂心願未了之說再一次得到確認。

新娘潭超度女靈體事件新發展

　　因為在 2022 年一月份曾在新娘潭舉辦了一次大祭制五方超度儀式，其中一位在場的「高靈人士」心心與 YouTuber AP 突然聽到有一把女鬼的叫聲，結果在與女靈體的交感下，大家知道她應該是在 2013 年新娘潭車禍的黎姓女死者，而她更向心心發出了正確的意外地點，結果在 Google 地圖上也確認無誤的。既然是這樣，師傅當然會再擇日去到現場為女死者超度。筆者在節目呼籲，希望認識死者的朋友或其家人可作聯絡，讓法事更加名正言順。而在我們等候期間，竟然發生了一件令筆者感到匪夷所思的事件，也可能是死者冥冥中安排的。

　　筆者記得在聖誕前收到一位著名泰拳教練向柏榮師傅的邀請，希望筆者可以在 12 月 25 號的聖誕日出席其拳館的喬遷開幕儀式。筆者當天到了現場，有一位男士主動上前跟筆者傾談，他說：「我有收看你的節目，之前你們也去過新娘潭不少地方靈探，有些高靈人士也看到某些地方有靈體出現，其實我想告訴你，他們看到的也沒錯。我偶爾在街上也碰到你，很想告訴你知但又不想太唐突，所以便打消念頭。今天在這裡碰到你，所以一定要講給你知」。原來，他就是車禍女死者的一位要好朋友，這個巧合實在太突然，根本沒想到在這個場合之下就找到了一個對的人，他更知道當晚發生事情的始末。「那晚黎小姐告訴我，約了一位男性朋友到新娘潭交收物件。由於兩位都是愛車一族，約了到新娘潭見面

也不足為奇。之後，我收到了一位在鹿頸開士多店的女性朋友電話，她告訴我警方通知她，黎小姐剛發生交通意外，我便立刻趕到現場，去到時見到她的座駕已撞到粉身碎骨，也知道從此與這位朋友永別了」。

當筆者告訴他我們正要尋找黎小姐的家人及好友，他聽到了整件事的來龍去脈，以及「高靈人士」心心所接收到的資料，他對其好友黎小姐，作出這次超度求救的訊號也深信不疑，而他亦答應會出席將進行的超度儀式。

筆者做了靈異節目這 20 多年來，這次可謂由靈界朋友逐步給予訊息，帶領我們找到相關的人和事，絕對可說是第一次，亦是很不可思議的一次。

新娘潭超度女靈體終結篇

　　猛鬼地帶新娘潭曾經做了一次祭五方的法事。「高靈人士」心心，聽到一把女靈體的驚叫聲，原來她是 2013 年車禍的女事主，亦曾發出要求超度的訊息。加上在這期間，那位女靈體不斷提供資料作牽引，結果令到筆者以及法師，聯同一眾師兄弟們，再到新娘潭車禍的事發地點，為她進行一次超度儀式。

　　那天晚上，其生前一位男性好友 Frankie 到場，希望作見證。他坦白說：「事件發生了多年，我差不多遺忘了。不過，當知道你們收到了她的訊息要求超度，我當然也相信一切是她的安排，所以也帶來了她的一件毛公仔遺物，真的希望她可以放下一切了。」筆者在現場所見，一如上次祭五方法事同樣很大陣仗。師傅說：「今次我們做足了一切準備，先有引魂用的竹枝，以及雨傘、油燈、花及米等用作引魂。至於為甚麼要求 Frankie 帶來她的遺物，就是希望她在現場看到之時，知道我們並不是白撞，亦沒有惡意。最後希望將她的魂頭帶給觀音菩薩，由觀音娘娘引領她輪迴再生。」

　　師傅等待到晚上 11 點子時，便正式進行法事。其實在這之前，心心已看到女事主的魂頭出現了在路邊的不遠處，心心說：「我一到來不久已看到她出現了，她亦知道我們到來的用意。」不過，當法事進行途中，我們突然看到心心不斷嘔吐，相信是一般高靈人士們的正常

反應。心心補充說 ：「當她的魂頭帶到來法壇前，我已看到她願意跟着觀音娘娘走，雖然她有萬般捨不得或者心事未了，但最後也願意離開。」

　　在場的靈探 YouTuber AP，亦嘗試用靈魂盒子跟她溝通，結果沒聽到回應，或者是女死者的靈魂真的已被帶走了。翌日，心心在筆者的社交媒體上回應說：「亡者已跟她說再見，真的可以安心上路。」筆者也希望如此，亦希望新娘潭路再也不會有嚴重的交通意外發生。

醫院護士隔離病房撞鬼

香港在 2022 年初正受到新冠肺炎第五波疫情的影響，亦是疫情兩年以來最嚴峻的時刻，面對着每日千計的確診個案，相信最前線的醫護人員除了風險大增之外，其工作量的繁重亦都可想而知，希望大家能夠撐下去。筆者在農曆新年前邀請到一位現職護士兼歌手 KIKO 當嘉賓，分享了她在醫護界所聽到的禁忌及靈異事件。

其實，從事醫護的人員某程度也頗信邪，在他們這行業裡也會流傳着一些禁忌。KIKO 說：「我們的確有不少禁忌是不能犯的，例如為遺體包紮時不會叫對方的名字；當夜班的時候，很多護士會將一把把的鉸剪放在接待處枱上，鉸剪尖會向着大門，寓意希望一些不好的事情不要進來。」

除了這些禁忌，KIKO 也透露了一些在病房裡常出現的邪門現象。「例如有些老人家已經不能進食好一段時間，突然有一天要求吃很多東西，但過了一兩天之後那個病人便會死去，這種情況我們一般認為是迴光返照。又例如，有些病人在離開前一兩天，會不停向我們說一些人的名字，說他們來作探訪，當然其實沒有這些人存在，我們也會相信他們說的名字，就是早已過身的親人，可能是來接他離開了。」

至於在靈異事件方面，KIKO 也分享了她同事在隔離

病房一次經歷。

　　「可能大家沒太多機會進入隔離病房，所以不知道裡面的設置是怎樣。醫院的隔離病房是一個個獨立的病房，每個房有兩個門，要進入一道門後再入另一度門才能進入病房，而且是指定的某些醫護人員才會進入隔離病房，加上每個醫護人員也會穿上防疫裝備。那一晚，我有一個同事進入隔離病房為病人服務，突然間她在玻璃倒影上看到只得下半身的一個人，並不是穿制服的，當她第一眼看到還以為有同事一同進來，但下一秒即時諗到，同一時間應沒有另一個會進入隔離病房的同事。由於她早已有經驗，知道應是撞到靈體，她便故作鎮定，完成手頭工作後她再向同一位置看，那個靈體已消失了，其實這些事情我們見慣不怪，只要他們沒有傷害我們便算了。」

返出生地觀龍樓尋找恐怖回憶

筆者因為要拍攝 YouTube《恐怖在線返去舊事嗰度》便重返自己的出生地西環觀龍樓。一提到觀龍樓，相信大家一定不會忘記發生在 1994 年的山泥傾瀉事件，這次意外導致五死三傷，此後便流傳不少靈異事件，例如有居民在晚上聽到有人拍門，開門之後便見到一些全身布滿泥濘的人站在門外，嚇得居民連忙關門。至於對筆者來說，有一件在觀龍樓發生的靈異事件至今仍然是個謎。

當年筆者在電台主持靈異節目時，有一位叫 Christine 的女士致電，說自己是觀龍樓的居民，在節目裡大談在自己單位所遇到的一些怪事。這本來只是一個很普通的鬼古分享來電，後來一位名叫小強的男士向筆者說，那晚來電的 Christine 竟然能夠清楚說出他住那個單位所發生過的靈異情節，湊巧得令小強一度以為是家姐當晚被屋內一個女靈體上身，借助其力量打電話來我電台節目。這個靈異來電到 2022 年大概有二十年的歷史，而筆者也一直也有與小強接觸，所以今次再次返到觀龍樓拍攝也邀請了他「重組案情」。

小強帶領筆者重遊其鬧鬼事發單位，以及發生兇案單位的現場，其中一個凶宅已有一戶印度籍家庭入住，筆者在其大門也清楚看到一些印度文符咒，相信是辟邪之用。而另外關於 Christine 的個案，小強與他家姐推斷有一個新的睇法。

　　「近年才有所謂異度空間的說法，我和家姐都認為可能是那個 Christine 亦曾經住過同一單位，或者是平行時空的現象，她所遇到的怪事與我們所遇到的是一模一樣吧。」而最弔詭的是，小強家姐當晚其實同時聽着 Christine 來電報料，當然嚇得她即時關掉收音機，不敢再聽下去。

　　這個關於觀龍樓的恐怖回憶，的確是令人毛骨悚然。

恐怖重遊「返去舊事嗰度」

相信大家會認同，靈異題材是沒有時間性的，可以無限輪迴，也是令到靈異節目歷久不衰的原因。筆者的網上靈異節目《恐怖在線》在 2023 年五月份便踏入第十五個年頭了，過往做了 3,000 多集節目，基本上已討論過全港九新界多個鬧鬼熱點，也在節目已無限重複。雖然如此，但當時間過去，或許也再有新的靈異資訊。有見及此，筆者在 YouTube 開了一條新的頻道，名叫《恐怖在線返去舊事嗰度》，第一集上架的內容就是重遊筆者二十多年前曾住過西貢的孟公屋村。

孟公屋村在清朝初年代建成，主要居民包括俞姓、成姓和劉姓的。筆者當年在電台還未主持靈異節目，那段時間還要一大清早摸黑返電台。還記得連續兩三天早上，總會看到一個飛快的黑影從左跑到右；此外，睡房大門亦曾被一股無形力量打開，當我發現時，那道房門便被關上。那個年代，筆者還是對靈異事件沒甚認識，當然受不了這種莫名的詭異，當晚便立刻搬走。事隔 20 多年，究竟這條村有甚麼變化呢？筆者決定返去舊事嗰度。

當筆者與攝影師到達單位外圍拍攝，樓上有個女士大喊：「你們來做甚麼？」原來她正正入住筆者當年住的單位，當表明來意及我曾是舊租客時，她表現得很驚訝，因為那個單位的業主是其弟弟，也從不知道筆者曾是租客，我們那段對話也頗有趣。其實當時筆者心裡也

不禁想問她：「現在的單位有鬼嗎？」

　　其實當年在遇上靈異事件之後，我找了一個師傅作查詢，師傅告知：「當時整條村動土，容易驚動到本已安頓的靈體，加上我這個外姓人，相信祖先只是路過或者好奇而已。」現在這個單位已是他們村內的人居住，相信一切已經回復平靜，筆者也不用問她那個問題，免得引起別人的不安了。

鹿頸士多現日軍亡魂

　　筆者因為開了一條全新 YouTube Channel 名為《返去舊事嗰度》，每個星期皆要絞盡腦汁，尋找過去曾經拍攝過的地方賦予全新內容。早前，決定重遊鹿頸，尋找十年前曾到訪過的一間荒廢村屋。

　　相信對一眾愛車一族及行山愛好者來說，鹿頸近海王爺廟一帶均會很熟悉，那裡的一間士多尤其受歡迎，因可供給遊人一個很好的休息及補給的地方。然而，就在士多的不遠處，十年前已知道有一間破爛的村屋早被廢掉，曾經有一眾年輕人入內探險，他們不約而同見到有靈體出現，然後驚慌到動彈不得，經過一段時間才能脫險，後來他們更致電筆者的節目分享事件。因為這個原因，令筆者十年前帶同一位泰國師傅到現場作感應。

　　十年後，筆者聯同另一位法科師傅再到現場，本已破爛的那間村屋，已被周圍的大樹吞噬，周圍更被一些印上經文的布塊圍着，顯得格外陰森。當我們進入了它的範圍內，師傅已感應到有不少靈體佔據着，便勸喻我們拍攝一下便要離開，之後我們便到了那間士多作小休。突然老闆娘走過來跟筆者打招呼，還說：「很久不見，怎麼十年後又來這個地方？」當筆者向她道出來意之後，她便分享了一件靈異事件。

　　「那晚我在廚房工作時，突然見到一個穿上短袖白

衣的人形物體一閃而過，由於這一帶在日治時期受過侵略，我們相信他應該是當年日軍的亡魂，我那隻狗也常向著荒地那邊吠著。」

　　歷史或可以沖走人的記憶，以及建築物的印記，但無形的那份靈異磁場，卻可停留上千百年。

藍田邨之都市傳說

　　筆者認為一般涉及都市傳說的群眾覆蓋面會比鬼古為高，因為都市傳說不一定恐怖，對著膽小的受眾來說較容易入口。在香港七、八十年代，曾傳出不少膾炙人口的傳說，例如銅鑼灣狐仙、油麻地站少女跳軌、四人歸西等。而舊藍田邨 15 座對出海面，據說出現彩龍大戰水怪事件，也令人談得津津樂道的。

　　舊藍田邨自 1966 年開始落成，共有 23 幢大廈，但在數字上顯示有 24，因為第 9 座在興建時不斷發生結構問題，因此最後改建成一所學校，不過街坊對此事卻有靈異的看法。一位藍田街坊向筆者透露：「有傳在興建第 9 座時，工人突然看見有一隻手從地下伸出來，嚇得他們要停工，後來只能建成學校便算了。」

　　然而，關於藍田邨的傳說，最轟動的當然是有關第 15 座牆上的那條彩龍與水怪大戰的故事。官方所說，那條彩龍是當年工務局為了紀念興建第 500 座大廈而畫上，但不久竟然鬧出此傳聞，並且有女街坊聲稱曾目睹此次大戰的過程。「當天近黃昏的時間，我行過去近 15 座的地方會合朋友，突然看到公園近圍欄一帶，有近五、六十人同時向著鯉魚門的海面，當時突然間風雲變色，在海面上看到有類似由雲組成的一條龍及水怪形態的東西互相糾纏，甚至見到有其他像動物形態的東西在一起，所有街坊看得目定口呆，之後條龍便消失了。翌日，龍

身顏色有所褪損，眼部也像流出紅色的血水，所以整件事對我來說，是千真萬確的。」

不過關於這件事，筆者卻聽過另一個版本。原來當時有一些神棍，用邨民的迷信和愚昧，刻意營造這場大戰，而彩龍可能因為日久失修，出現褪色的情況，便順理成章說成彩龍戰敗，如果不買一些符咒或者保平安的聖物，可能導致家宅不利，故這些神棍在這段期間便大有斬獲。

究竟這個都是神話是真還是假，至今仍沒答案，或許這就是所謂都市傳說常出現的 open end 吧！

重遊全香港最詭異的公屋單位

　　1984 年 5 月 8 日，葵涌荔景邨景樂樓低座三樓，發生了一宗情殺案，一名退役警員與其女友發生感情糾紛，最後將女友及其妹妹殺掉，女友媽媽亦受重傷，該單位即時變成凶宅。慘案發生後，據住在同層的街坊說，在深夜時分會聽到兩姊妹的哭泣聲及高踭鞋的腳步聲，總之鬼影幢幢。而其後入住該單位的幾伙住客，也不約而同感到常有古怪聲音。房屋署最後索性將這個單位拆掉改建成變電站，希望藉此淡化這個單位的詭異事件。不過，筆者就認為正是這個原因，令荔景凶宅傳聞一直發酵。

　　因為拍攝 YouTube channel「返去舊事嗰度」，筆者日前再到荔景邨查看，涉事的單位仍是變電站，而其對面單位已堆滿了雜物，且在門外放上香爐及香燭，感覺真是很詭異。而附近的單位十室九空，加上屬於超低層的關係，即使筆者並沒有靈異體質，在這個地方短短逗留數分鐘，已很有壓迫感及很不舒服。筆者走到樓下一間士多，想不到士多老闆目擊當日事發經過：「當時我的貨倉就在同一層，我看到一個身形肥胖的男人，他情緒激動不斷在搖單位的鐵閘。我當時與他亦有一兩秒眼神接觸，之後我便返回士多工作，大約 10 分鐘後，就聽到街坊說樓上發生命案。之後這個單位便有很多靈異傳聞，甚至有一手住客是信奉基督教的，他們住了很短時間就搬走，不過我自己就沒有遇上過任何這方面的事。」

　　當這個短片上架之後，有不少觀眾留言回應，其中有人說：「我就是住在該單位的附近，兇案發生之後，常在凌晨時分聽到有女人的哭泣聲，以及高踭鞋的踱步聲，還有看到一個黑色的人影長期印在牆上，最後屋企人決定搬走好了。」據一位懂奇門遁甲的師傅說，兩姊妹的靈魂仍在那裡，如果是真的話，希望她們能早日離苦得樂。

華富邨集體進入異度空間

　　已有 50 多年歷史的公共屋村華富邨，由起邨至今不斷傳出有靈異事件。最經典莫過於與八十年代初，有人目擊龐大 UFO 曾於邨內出現。此外，邨裡面盛傳有一副不能移動的木棺材，加上瀑布灣一帶不時出現奪命意外，這一切一切都能為靈異愛好者提供養分，當然包括筆者的節目。

　　最近經一位法科師傅的介紹，筆者認識了一位在華富邨長大的邨民 - 南叔，他在華富邨經歷了數次令他印象很深刻的靈異事件。關於八十年代初那單最轟動的 UFO 事件，南叔回應說：「當時我是一個下午校的小學生，事發時我仍在學校裡面，所以我沒有親眼目擊到它的出現。但我聽到很多街坊說它面積龐大，徘徊在華昌樓一帶，天空的日光也給它掩蓋著，而它的底部是發出有燈光的。翌日，我在邨內看到很多記者來到採訪，所以我也相信應該真的。」南叔在九十年代初便親眼見過一次 UFO 在置富花園一帶出現。「我看到一個不明飛行物體像龜波氣功一樣，他是有一條尾的，突然看見它穿透了一個洞口然後消失了。」

　　至於最靈異方面，南叔分享了一單集體穿越空間的事件。「記得當時我和另外六個同學在華珍樓玩耍，我們在那一條長長的走廊中間部分，準備行到盡頭欣賞海景，突然間我們七個人感覺到有一股無形的力量衝過來，

令到我們停了下來。奇怪的是，我們眼前的景象變了一個遊樂場，還聽到一些小朋友玩耍的聲音有說有笑，更傳來了玩單車、騎木馬甚至翹翹板的聲音，真的很不可思議。其中有同學形容，那股力量像要穿過他身體一樣，由於當時年紀尚少，根本不知道是甚麼一回事，現在回想起來，可能就是我們進入了一個異度空間。」

　　南叔的親身經歷豈止如此，甚至他哥哥也曾經遇上過一個穿唐裝衫的女鬼，所以說華富邨絕對是靈異界第一寶藏。

返去舊嘉利大廈

　　筆者為了拍攝每星期的 YouTube 節目《恐怖在線返去舊事嗰度》，聯同兩位師傅一齊重返位於佐敦的嘉利大廈舊址。發生在 1996 年的嘉利大廈大火，造成 41 亡 80 傷的恐怖慘劇，我們知道事後有不少高僧大德去過現場，為無辜亡者做法事，但由於死者太多加上冤念甚重，即使大廈拆卸後重建成新的商業大廈，筆者仍聽到有觀眾說：「我在那裡有見到。」為了證實事件是否屬實，筆者便決定重遊該處。

　　在出發前，其中一位法科師傅透露：「當知道被邀請去現場作感應時，突然看到大廈七樓有靈體存在，而且他們給我一個很清晰畫面，應該就是當年他們希望乘電梯逃生，但最後不成功而活生生葬身火海的場面。發生災難時我還年輕，之後亦沒有清楚了解整個事發經過，為了這次拍攝我上網翻查資料，原來起火的源頭真的與一部電梯有關。所以我估計，或許有些靈體仍然不能離開現場，可能就是他們需要一部紙紮電梯。」

　　拍攝當天，我們一眾上了大廈的七樓，果然擁有陰陽眼的那位師傅，即時看到有一位靈體瑟縮於角落。師傅雖然可以直接用心與該靈體溝通，但他帶來了筊杯跟他溝通，使觀眾同時知道該亡魂的想法。結果，經過三次筊杯溝通，我們知道靈體真的需要一部紙紮電梯，才能離開此處。與此同時，我們感覺到周圍突然有點變凍，

師傅亦出現「起雞皮」情況，原來樓上其他靈體走來告知亦希望得到超度。由於一部紙紮電梯製作需時，我們只能待訂製完成後再進行法事。

　　兩個星期後，紙紮電梯終於完成，體積有半個人的高度，九龍殯儀館願意借出焚化爐燒給先人。而師傅在現場亦即時感受到靈體向我們說多謝，但願經過今次超度後，眾嘉利亡魂真的可以超脫了。

灣仔南固臺靈探事件又有新料

筆者已記不起這個專欄共幾多次以灣仔南固臺鬼屋為題了。到了 2021 年初，為甚麼舊事又再一次重提呢？2003 年有三女兩男相約到鬼屋靈探，後據講有人看到有個紅衣女鬼向他們招手，驚恐之下失控，最後驚動警方到場將懷疑鬼上身的女學生送院，翌日成為報章頭條，全城鬧得熱烘烘。近日筆者竟分別收到兩女觀眾來電報料，他們皆自稱是那次靈探的參與者，筆者當然很樂意一聽他們的第一身感受。

報料人一所說的經歷如下：「我們三女兩男相約入南固臺靈探，到了附近已十點左右，當接近目的地，周圍有很多野狗走出來，驚動了一位老婆婆，她知道我們準備進入鬼屋時也好言相勸，當然我們沒有理會。入到了大屋不久便刮起大風，氣氛頓時有點古怪。當上到二樓，其中一個女仔突然大叫起來，我就在她背後的牆上清晰看到六個鬼影，他們像是一家人，全部穿上像古代宮廷服，目露凶光地望著我們。其中一個女仔開始出現如癲癇的情況，兩個男仔見狀也控制不了她，我們先將她帶離現場，其中一個男仔跑到大街報警求助。由於我們只是剛認識的朋友，事後大家已沒聯絡了。」

而報料人二則分享說：「那晚我們五女兩男齊齊決定上南固臺靈探，當我們在長長樓梯步行至近大門時，突然見到一個黑影站在旁，還對我們伸出雙手，我立即

叫所有人離開」。當聚人走回皇后大道東時，突然有三名女子胡言亂語，其中一人還說：「我要返上去。」兩個男的見狀亦嘗試阻止但不成功。由於他們在街上擾攘，也驚動附近食客，不久警察與救護車也到了。

　　「報紙也有報道的是其中一個較激動的女同學，的確有咬傷醫護人員手指。事後亦有不少記者來找我們做訪問，我們沒有看到甚麼一家五口鬼魂的事，到現在我和他們也仍有聯絡的。」

　　兩個自稱是事件涉事者但內容各異，究竟誰是誰非，筆者不宜下判斷了，況且靈異事件也沒甚麼準則可言的。

大埔的士意外引發之靈異討論

　　大埔曾在 2021 年 8 月發生一宗涉及兩死八傷的車禍，涉事的士司機被控危險駕駛引致他人死亡事件。本屬於一宗交通意外，但因為事後在網絡上流傳了一段短片，該輛的士在無人的情況下，前方乘客位的車門自動關上了，於是引發起一眾網民有關靈界的討論，加上發生日子在農曆七月，很自然大家便對號入座。事發後筆者收到了很多有關這條短片的轉發，於是翌日在節目便立刻作討論。

　　為了得到最合適的資料提供者，莫過於是找一位的士司機回應。的士司機 Jackie 曾接受過很多靈異節目的訪問，筆者第一時間便去找他，Jackie 說：「我也第一時間看到這條短片，前座乘客的那道車門，我們是無法上鎖的。據我自己的看法，它有一定的重量，是很難自己關門的，即使外面有風也很難做到這個效果，所以我也相信與靈異有點關係。因為這次意外導致有途人死亡，或者是他對突然而來的死亡，所發出的一種怨念也不足為奇，這是我個人的睇法吧。」另外，筆者亦向高靈人士 JJ 詹朗林了解過，JJ 看到一個中年男士坐在的士後排，相信這位男士就是那死者，他不知道自己已死去，還表露出一臉慌張，而 JJ 當日已立刻為這位死者念經，希望他早日可以離苦得樂。

　　此外，筆者亦收到一位自稱在大埔住了近 30 年的觀

眾回應，他有以下的看法：「事發當日天氣酷熱，氣溫也有 33 至 34 度，通常那個位置都不會有風，即使有也只會在馬會對開一帶，所以對突然而來的大風感到有點驚訝，還將附近的帳篷吹起，莫非真是有冤情？」

筆者並不是一位常駕駛的人士，所以對車的性能不敢妄下判斷，是真的有靈體作出反應還是只是車門老化的現象？大家也沒法得到一個肯定的答案，但肯定對的是，無論駕駛者與途人，在路上也要一眼關七，不要做低頭族，否則對突然而來的事情降低了警覺性。

香港最猛鬼的紀律部隊宿舍

　　一般來說，筆者很少會用上一個「最」字來形容東西，因為「最」之意就是別無他選，但對於坐落順利邨近飛鵝山的那幾座紀律部隊宿舍，筆者是聽得最多有靈異事件傳出的紀律部隊宿舍，所以便用上「最」字來形容其猛鬼程度。事實上，我也在這欄分享過不少有關於它的靈異事件了。

　　順利紀律部隊宿舍在 1997 年開始興建，共有八座樓宇組成，附近圍繞着不少學校，也有消防局以及廟宇，而旁邊就是飛鵝山。不少對風水有研究的人士說，因為飛鵝山山勢較為嶙峋，在風水學來說，對居住在附近的人有不少壞影響，如多會影響健康及工作不順利，同時也有可能引發起不少靈異事件。

　　日前筆者有收到一位女觀眾報料，她分享了兩件頗恐怖的靈異個案。「我認識一對住在裡面的紀律部隊夫婦，我們常與其他朋友上去打麻雀。有一次，有位朋友帶了他的孫兒到來訪，入到單位後不久便說，廁所裡有很多人出入，有男有女，有大人與小朋友。他感到很驚慌，還不斷說『我不會去這個廁所』，並要求去會所的廁所方便。過了不久，坐在我下家背着廁所的那位，他說突然感到有點寒意，甚至感到不安，我們只覺得他有點古怪吧！一會後，坐在他對面的雀友突然面色一沉，眼不敢面向前方，還說不如盡快結束返家。後來才知道她看

到一個半透明的女靈體在廁所出來，而且站在他對面。最意想不到的是，原來屋主那刻已感覺到是甚麼一回事，因為他知道這個單位一早有靈體存在。」

此外，還有另一個更恐怖的個案。「我有另一位朋友，有一晚大約晚上八點左右他打完麻雀返屋企，當他準備進入口時，眼尾看到有另一個女人跟他入口，並一直站在電梯最後位置。朋友留意到她沒有按下樓層，他心想這個女人與自己同住同一層嗎？他好奇心驅使下轉身看，那個女人竟離地站着。他驚慌到只能靜待電梯打開，之後那個靈體竟還跟着他離開。情急之下，他竟然敲朋友的家門並入去躲避，你說他自私也好，還是很有智慧呢？」

就這兩個個案，你認同這個部隊宿舍是最猛鬼的嗎？

順利紀律部隊宿舍連環不幸事件

　　根據資料顯示，在秀茂坪順利紀律部隊宿舍內有人突然暈倒，送院後證實不治，死因仍有待驗屍確定。一如筆者之前所說，這個紀律部隊宿舍人命事故及靈異事件頻頻，想不到筆者又要在這以此宿舍為題了。

　　報道出街後的一個晚上，筆者立刻聯絡現在仍在此宿舍居住的一名女觀眾，原來她正正認識今次事故死者一家人，她更大爆有關這個單位發生過的靈異事件。

　　「今次不幸離世的男士，我認識他一家人，也曾去過那個單位。其單位座向是望到消防局及學校，之前有風水師傅說過，因為這些建築物帶着殺氣，故住客可能會出現健康問題。除了風水之外，我甚至聽過有靈體出現。多年前另一家人住這單位後，家中剛出世不久的嬰兒每晚也會大喊大叫，整整一星期也要去看醫生，後來鄰舍告訴他們，其門外經常有一個靈體站著，事主知道後也立刻搬走，後來又搬到黃大仙另一個紀律部隊宿舍，可是倒楣的事件又再發生。其單位樓上有空中飛人，屍體正跌落其平台外，嚇得他們又要搬屋。」然而事件還未完結，更恐怖的是女戶主搬到新屋後竟然嘗試吊頸自殺，幸好經搶救後無事，這家人決定又要再搬屋，現在正輪候另一個紀律部隊宿舍。

　　「不知他們的連環不幸事件，是否與早年住在順利

這個宿舍有連帶關係。而今次事故的男死者，就是這家倒楣的人搬走之後入住，最後這單位也發生人命事故，真的不由你不相信，它很不吉利。」

究竟那個長期站在門外的靈體，又是為了甚麼呢？又與今次事件有沒有關係？還是只是死者本身出現健康問題而已？

受惡運詛咒的一家人

　　筆者的網上節目《恐怖在線》常收到一些求助個案，最近節目組又出動為一家人提供靈異及風水問題的協助。女觀眾一家在九龍區開了一間印尼雜貨店，屬前舖後居的一種，她說：「我弟弟十多歲時患上腦癌，手術成功超過五年，當大家以為情況已穩定，怎料最近又復發。此外，兩隻家貓分別在數月前死亡，一隻在前門被車死，另一隻在後門不知為何死掉了。而爸爸和一位住在我們家裡的親戚，不約而同曾經在樓上遇到一個女靈體，連串發生的事件究竟是靈界的問題還是風水上出現影響呢？」筆者聽到他的個案算是嚴重，於是便邀請了一位法科師傅到她的家裡查看究竟。

　　原來她一家是印尼華僑，她爸爸更主動說了很多關於印尼的靈異傳聞，「印尼真的很多古靈精怪的靈異事件。不過，對於我來說，我在這裡也遇過兩次難以解釋的事件。數年前，當晚只有我在樓上睡覺，半夜突然醒來，看到一位女士的身影走過我床邊，然後扭開大門走出去，我立刻起身看個究竟，外面當時一個人也沒有，但房門真的被打開了。之後我一位從大陸來的親戚到我家借宿，我安排他睡在房外，他第二天跟我們說，昨晚看到一位女士出現，還幫他冚被，當然我們一家根本沒有這個女人。」

　　此外，原來男主人還遇上一件難以解釋的事，「我

每天會為父母上香，但竟然有一段時間，我太太發現老爺、奶奶在神枱上的相片倒下了，但我竟然不知道。我每天上香時也會看到他們的相片，完全沒有發現這個情況，這個位置根本沒可能有風移動，貓也沒可能跳上這個位置。」現場的師傅和他的祖先作了交感，「你們的祖先告訴我，鄉下的墳墓受了影響，必須盡快返鄉下處理及拜祭。至於那個女靈體，我相信只是路過，現在已不在這裡。我也看過你的兒子的八字，他的確是出現健康問題，再加上舖頭及樓上的家在長期沒有陽光和新鮮空氣的情況下，你們一家也會受影響。我建議要盡快搬離，現在只能為你們作一點風水擺設來作抗衡。」

筆者很相信一句：「陰不安陽不樂。」

棄屍女靈體求超度

　　近年在 YouTube 頻道多了很多後生仔出來拍攝靈異短片，或多或少可能是疫情影響本來的工作，所以選擇了拍片，當是興趣之餘又可賺點收入。筆者最近認識了三位喜歡到處尋幽探秘的年輕人，他們曾經過去過近牛頭角一幢荒廢的工業大廈靈探，之後亦嘗試用玩碟仙的方式與在那裡的靈體溝通，結果直播時所有觀眾能夠清晰見到碟仙有強烈移動，某些「高靈人士」更看到一位帶着極重怨念的女靈體，不知為何被人帶到了那個地方。之後筆者便決定邀請一位法科師傅再次前往那地方，嘗試為她作超度。

　　當晚法科師傅聯同一眾徒弟，以及一位能夠與靈體溝通的「高靈人士」心心到現場，當去到那個玩碟仙的房間，心心見到該靈體在房裡面一路盯實我們，對我們突然來訪顯得恐懼，亦帶惡意。師傅向着空氣說：「不要擔心，我們只是上來帶你離開這個困局。」心心告訴筆者，原來在我們前來作超度的這天，那位女靈體告訴心心，她大約在 50 多年前被謀殺。「我得到的訊息更是一宗一屍兩命的案件，她最後被棄置於飛鵝山草叢中，心有不甘，希望有人親身往事發現場幫忙挖掘屍首再埋葬。可是，事件已發生數十年，加上整個山頭那麼大，我們又豈能幫她完成這個心願呢？」

　　最後師傅也只能以超度儀式，帶她跟着觀音娘娘上

路再輪迴轉世好了。最後，師傅叫筆者在現場點一支香，喻意引領魂頭返到神枱上供奉。師傅說：「我會將她放在壇上供奉七天，之後就會送她到一間供奉觀音娘娘的廟宇，讓她好好上路，這次法事便大致完成。」

然而在做法事途中也發生一點小插曲，一位參與靈異節目拍攝的新同事說，突然聽到遠處傳來淒厲的男士慘叫聲，師傅說不足為奇：「做法事時，如有靈體不願意離開，我們會強迫驅逐。」估不到新同事會有這樣的「慧根」，筆者心裡暗說：「今次沒有請錯人了。」

十年冤魂女鬼欲再報仇

最近筆者收到一位女觀眾 Dawn 的求助，她說最近與朋友到獅子山行山時遇到靈異事件，途中更險些跌落山崖，雖然慶幸沒有大礙，但回家後卻看到雙腳出現一些離奇的傷痕。她向筆者說：「我很擔心又是那個女鬼的行為，10 年前她帶走了我哥哥，現在的我應該就是她第二個目標人物了。」原來 10 年前，她哥哥離開之後的事件，也與筆者節目有關係。

Dawn 向筆者憶述事發的經過，「當年哥哥突然失蹤，之後我收到茶果嶺天后廟的工作人員的來電，他們表示在廟前的地上拾到一個背包，經查看裡面的資料後並聯絡了我。我突然心血來潮，到廟外的海邊大叫哥哥，結果真的給我看到哥哥的遺體浮在海中心，之後我立刻報警。但更恐怖的是，當時看到一個女靈體站在我旁邊，她報以一個很洋洋得意的表情。」Dawn 由於一向是筆者節目的觀眾，哥哥的事件發生後，她便向我們求助，經節目裡一些師傅調查之後才知道，這個女靈體是跳樓而死，而她的死亡，某程度可能是與 Dawn 爸爸有關，女靈體更揚言下一個報仇的目標就是 Dawn 了。

「其實我們早已找法師超度她，可是法師在三年前已離開人世，不知是否這原因她現在開始來搞我了。」筆者聽到 Dawn 這事件的前後 10 年，也好像與節目結下不解之緣，於是決定再為她處理這件事。

　　筆者想到，由於她哥哥生前所用的背包被發現棄置於天后廟外的空地，於是便決定帶 Dawn 到天后廟求籤，希望得到天后娘娘的指引。據籤文的意思，這件事不是想像中那麼恐怖，而筆者亦已安排一位法科師傅幫手處理，現在事情已得到解決了。

人貓情未了（鬼魂版）

　　寵物是人類感情的寄託，當中尤以貓和狗比例最多。雖然筆者暫時沒有養過任何寵物，但是家人最近領養了一隻黑色唐狗，從牠兩個月大的 BB 狗，到今天六、七個月大，看見牠的成長也會感到喜悅。不過，當決定飼養寵物的第一天，亦必須有心理準備會看到牠離世的一刻，那種悲哀與傷心有時比親人過身有過之而無不及。

　　最近，筆者邀請了一位曾經從事動物醫護的護士，到節目分享她所接觸到的靈異事件，而其中一件事聽起來也令人為之感動。「不久之前，有一對年輕的夫婦帶了一隻大約 18 歲、年事已高的家貓來到醫院就診，由於牠來到的時候身體已經很弱，必須留院作觀察，而怪事就在那一晚凌晨時出現。」護士說，當晚除了她和一個醫生當值之外，當時並沒有其他人，而醫生正於休息房間小睡中，突然在接待處的電話響起了，護士很自然變走到接待處拿起電話筒。「電話筒裡傳來一把上了年紀的男人聲線，他說要求開門，我以為有新症到，故立刻走去開門，可是門外卻空無一人，當時只想可能有人打錯電話，於是我便返回工作崗位。」

　　然而，過了數分鐘，電話又再響起，那個老年男人又再說：「我在門外，麻煩開門。」護士再走去開門，但情況一樣，外面根本沒有人。「當時我只認為是惡作劇，又沒有理會。」結果，電話再一次響起，這次該男人說：

「我已在你們的接待處，我要進來了。」「我聽到了之後，立刻上前看個究竟，當時全間診所根本沒有其他人，我立刻衝入休息室找醫生，告訴他剛才所發生的事。我們互相對望，我已心知是甚麼的一回事，而最湊巧的是那隻老貓在那刻捱不下去了。」

　　翌日，護士告訴老貓的主人昨晚所發生的事，老貓原本是由女主人爸爸所飼養的，但因他身體狀況不佳，才轉給女兒代養，而最後她爸爸也離世了。「所以我相信是老伯的靈魂來接其愛貓走。雖然，回想事情真係有點恐怖，因為我真的聽到了屬於靈魂的聲音，但背後這份人與貓的情懷挺溫馨的。」

獄中囚友分享靈異事件

　　監獄一向給人很神秘的感覺，由於內裡多三山五嶽背景人士，連帶獄裡常傳出不少靈異事件。最近有一位剛出獄不久的觀眾阿鋒，致電筆者的靈異節目，分享他在獄中遇上的靈異事件。

　　阿鋒少年時做了一件少不更事的事，令到他變成了「高靈人士」。「我細個時候住新界區，附近有好多私人金塔。當時我是一個 7、8 歲的無知小男孩，看見附近一個因修路工程而被破壞的金塔，因為受到粵語武打片的影響，我就拿起金塔中最長的大腿骨作武器追打同學，之後又拿起骷髏頭掟向馬路，骷髏頭即時粉身碎骨。這件事之後我突然患上了肝病，足足要在醫院住上一年，醫生說沒有方法醫好我，只能自我痊癒。當時家人也知道我是患上了邪病，這件事之後我便對靈界非常敏感。」

　　阿鋒約兩年前因事被判入獄，而他獄中第一次靈異體驗是發生在荔枝角監獄。「我當時住在一人倉，12 月氣溫大概 15、16 度不是太凍，那晚在我半睡半醒時，突然間感到寒氣迫人。這刻聽見一個女人和一個小孩的對話聲音，監倉裡根本不可能有女人及小孩出現，當時就知應該有古怪事情發生。當有懲教署職員經過，我就問他們有沒有聽到，職員說沒有。他們的嘈雜聲維持了大約 1 個小時，直到接近清晨，監倉的溫度回復正常，而對話聲也消失了。到了早上 7 時 45 分我們出倉的時候，

我好奇望到隔離房間，有一個全身紋上泰國符咒的男人，聽職員所講，他是因為不當處理屍體而入獄，我頓時想到昨晚所聽到的聲音，應該是跟著他入來的鬼魂聲。另一次在赤柱監獄醫院時，住我隔離房的男人有天突然大叫大嗌，甚至在監倉裡面到處大小二便，失了常一樣。之後一晚我聽到有男有女及小朋友的嘈雜聲音，事後職員告訴我，原來這個男人是殺了一家三口而入獄。」阿鋒的獄中故事，真的滿足了我們對這個地方的好奇。

恐怖雙料自殺背後靈異真相

　　筆者當了靈異節目主持廿多年，每晚無間斷收聽別人的靈異事件，基本上已對聽鬼古而產生的恐懼有了免疫能力，已再不容易「毛管戙」。不過，最近從一位嘉賓口中得悉一件雙料自殺案件所出現的情節，也不禁令筆者發出打從心裡的寒涼。

　　這是一件發生在三十多年前的事件，主角是嘉賓丈夫少年時代的朋友。「我丈夫大約十七、八歲時，認識了一位同齡的朋友，他自從去完泰國旅行回來之後整個人變得很怪異，由平常一個多言的人突然變得寡言。因他住在香港仔一個屋苑，大廳正對向墳場，他開始常說在墳場上有很多人向他揮手，他家人也感到有點不對勁，於是在家裡長播佛經望能作解化，可惜卻事與願違」。有一晚事主突然失常，他大叫大喊，大開大門直奔上大廈天台，當家人追到上去時，見到他呆呆坐著，口中卻像吃著甚麼，一口一口的咬下。

　　「當他家人走近一看時便嚇得大叫，原來他正咬斷自己的舌頭，弄得滿口是鮮血，他立刻被送到醫院救治，幸而舌頭經手術後也能駁回，不過事情仍未結束」。

　　事主自出院後兩年精神狀態似回復正常，但情況又突然轉壞。「我丈夫與其他朋友約了事主到海灘玩耍，但他忽然神情又變得恍惚，朋友叫他又不回應，然後他

直奔出海灘，朋友見其狀立刻捉走他返屋企。可是，他返到屋企後卻關自己入廚房，當其家人成功進入後，事主已從窗口一躍而下。然而，恐怖的是事主的舌頭整條放在桌上。」

事後其朋友回想，為甚麼事主要咬下自己的舌頭然後才跳樓自殺呢？原來他曾在泰國的廟宇亂說話，這個結局就是對他一個極殘忍的懲罰。

阿姨鬼魂報夢要求超度

　　一般來說，筆者不太喜歡聽到夢境個案，內容很多時天馬行空以及不切實際，但當夢境是有預知能力或可對照後續，例如先人報夢等等，這種情況又另作別論。最近筆者接到一位「高靈人士」報料，他在夢境裡的情節及資料竟然全部可兌現，而報夢的主角是他一位早已離去的阿姨。

　　據報料者 Jeffery 說，自從在大學遇過一次意外，便常感應到有靈體接觸。「夢境中，我見到一位年輕女子，她告訴我當年不甘被父母逼婚而感到很傷心，某天晚上撐艇仔到河邊，綁上一塊大石，投河自盡。這個畫面過後，我看見自己返回元朗舊屋，我以前是住在農場裡的。接着女子在樹上摘了一些花給我，要求我在明天中秋節時準備這種花，以及食物和水，當看到月光升到在山上，雙手拿着這種花，望着月光然後唸其名字。她在夢中給我知道她叫黃 X 好，這樣便可以為她超度。由於夢境資料很清晰詳盡，加上我也有前科，醒來後立刻聯絡家姐。原來這位女士是我的阿姨，她在六十多年前在鄉下是浸死的，於是我立刻去準備她所要求的東西。」

　　後來，Jeffrey 上網查看那些花朵，原來是桔梗花。當他買齊所需的用品後，便期待翌日中秋節的來臨。「中秋當晚準備入黑時，我愈來愈緊張，當擺放好所有祭品便走到一個雜物房，自從我媽媽搬進老人院後已沒有人

打理過，卻給我找到一塊已經鋪滿塵埃，類似先人牌位的木板，而上面就是寫著『黃 X 好』，真是一種很震撼的感覺！我知道今次是沒錯了。當月光升上來，我無聊起來便聽着林奕匡的《高山低谷》，突然間聽到一把女聲和唱，我知道阿姨應該回來了。我向着月光大聲喊她的名字，多謝她一路保佑我們，希望她可以走自己的路。這時有一道冷風吹過我身體，當做完所有儀式，那道寒風便停了，我知道阿姨可以安心上路，事件也告一段落。」雖然這是一件靈異事件，但聽起來也令人感到親情的可貴及溫暖。

失蹤者丁利華蒸發真相

2005 年，一名獨自行山人士丁利華，於西貢行山迷路，之後警察電台收到他的求救信號，內容大致是丁利華以一種頗為氣急的語氣，說出其所在位置，以及看到周邊的一些數字。可是，突然出現訊號故障，電話便掛斷了，他便從此消失於人間，至今仍然生死未卜。

對於丁利華失蹤事件，坊間一直有很多謠傳，當中最多人說他進入了異度空間或結界之類。筆者最近認識一位朋友，而他與丁利華的弟婦是好友，筆者經他穿針引線下，在節目訪問了丁利華的弟婦 Lisa。她向我們透露：「丁利華已經離世，我亦曾經與他的靈魂溝通過。」原來 Lisa 早前曾經報讀過一個動物傳心課程，在課堂裡認識了一位能夠通靈的人士。「據知這個女同學能夠通靈，我便好奇問她能否知道一些失蹤人口的下落，她很快地問了我一句，相不相信？我也二話不說回答她～相信！她立即告訴我，他已在我們身邊。」Lisa 指，當時那個同學像鬼上身般說了他們一些家事，例如父母是否健在、其妹妹原來已賣掉他們的房屋等，甚至提及其遺物的擺放處等。「真的不可思議，因為這個同學根本不知我在問誰，後來我們的確在櫃內找到他的行山枚和一件黃色的風樓。」

一路以來有人傳丁利華的失蹤，有可能因欠債而走佬，Lisa 斬釘截鐵回應說：「他有樓有錢，而且非常愛

錫媽媽，加上他當天只是去西貢北潭涌，而家人亦準備了晚飯，等他回家。所以我們不會信這個傳聞，請其他人不要胡亂猜測。」

鬼魂附上貓頭鷹事件

　　這個個案是一位從事保險業的朋友告知筆者。「大約數個月前，我一位客人突然間病逝，由於太突然，他沒有準備任何身後事安排，尤其是財務的事項。我作為他的保險經紀，當然有責任幫他處理這些事情。可是，由於他的財務事項出了點問題，情況頗為複雜，我很難一時三刻幫他完成安排。就在這段期間，有一晚的凌晨時分，我仍在家中看電視，突然聽到露台窗邊傳來像敲打的聲音，當我走近一看，竟然看到了一隻貓頭鷹站在露台，牠還炯炯有神望著我。那一刻，我真的不知如何是好，住在市區的我，從來沒這麼接近貓頭鷹，而這一區從來沒聽過會有貓頭鷹出沒，我立刻想到應該就是那位朋友來找我。我還跟他說，如果你是 XXX 的話，請飛遠一點我真的有點害怕，那隻貓頭鷹果然飛到露台另一邊。我還盛了一盤水給他喝，翌日便消失了。」

　　筆者這位朋友也認識一些「高靈人士」，他們證實是那位亡者依附在一隻貓頭鷹身上，而更不可思議的事，亡者生前非常喜歡貓頭鷹的。

靈異冷知識

頌鉢是否容易惹鬼

或許近幾年，香港人經歷社會事件，加上疫情肆虐，很多人的心理質素大受影響，要為了取得平衡，近年有不少人開始進入身心靈調整的狀態，例如催眠、打坐等課程便很受歡迎。亦因如此，一些輔助工具如頌鉢、音叉等變得大受歡迎，這些工具甚至普及到在一些大型的超市內也有發售。不過，在毫無保護或在一知半解的情況下使用，很容易會招惹靈體埋身。

最近筆者收到了女觀眾的查詢，說在數年前，頌鉢還沒有那樣流行時，她和幾位志同道合的朋友便到了日本京都學習靈氣治療，而其中一位更是頌鉢老師。「由於這個老師知道在京都買頌鉢比其他地方便宜，這次行程入了不少貨，更興高采烈地帶了一整套頌鉢，準備在酒店房間演奏給我們欣賞。怎料，當她一開始不久，我們數人同時感覺到，周邊已有很多靈體穿牆過壁進入到房間，由於我們幾個也算是高靈人士，大家不約而同覺得情況不妙，最後連那位老師也恐懼得立刻停下來。幸而，當停止演奏之後，大部分的靈體已離開房間。」女觀眾詢問筆者，使用頌鉢是否容易惹鬼呢？就着這個問題，筆者便向 JJ 詹朗林請教。

JJ 近年進入修行之道路，對如何應用頌鉢有認識。「沒錯，頌鉢的聲音，尤其是愈大愈低頻率的聲音，的確是可使我們的情緒穩定下來。不過，我們不能亂作使用。

因為無緣無故去敲響它，的確是有招惹靈體過來的可能。而我自己在使用前，必須用鼠尾草或聖木的東西來與這個頌缽作連結，這樣才能淨化一個人或周邊的不良磁場，否則便會出現問題，例如一把刀可以用作切割食物，同時亦可以用來傷害別人。」

經過 JJ 的講解後，相信大家知道如何正確使用這些新心靈工具了。

農曆七月十大禁忌大全

幾乎每年農曆七月各大媒體也會以此為題，盡量提醒一般人在鬼月要小心的事情。好吧！既然每年只講一次，就當一個「溫提」。

1) 身弱者（包括：高靈人士、自覺運氣不佳、身體常有毛病等）盡量不夜出。

2) 晚上經過大街小巷聽到不熟悉的聲音在呼喚自己名字最好不作理會。

3) 在衣著顏色選擇方面，避免穿著太鮮豔或紅色的衣服。至於在裝飾物方面，也盡量避免不要帶著一些會發出響亮聲音的東西，這會容易招惹靈體的注意。

4) 在這個月份盡量不要搬屋或者搬辦公室，如必須要進行的話，除了準備拜五角的祭品外，雖多準備一份在屋外面拜祭給四方眾生的祭品，祈求工程及搬遷一切順利。

5) 到街上燒街衣時，盡量不要帶小朋友同行，免得他們的言行舉止一不留心會得罪四方好友。

6) 燒衣的日子，最好在農曆七月初一至十四日，日間其實也可以燒街衣的，但盡量不要太晚進行。

7) 當燒衣進行時請不要將灰燼亂搞一團，應慢慢將它們燒到尾，否則眾生接收的物品可能不齊全，反惹他們不滿。

8) 當行經別人曾燒過衣紙的地方，不要踐踏及作出搗亂。更不應該將這些祭品帶回屋企作食用，這種行為實屬不智。

9) 當突然看到一些異常巨大或罕有的飛蟲之類的東西，如非必要別置牠於死地，有可能牠被一般遊魂野鬼作依附，牠們或會尋找「兇手」作報仇，最後可能會出現「靈病」。

10) 據不少玄學家認為，農曆七月份屬於天剋地冲的日子，所以上山、下海及騎馬等活動也應盡量避免。

大酒店行一轉

　　眾所皆知，香港人稱殯儀館為「大酒店」，或許某些人認為殯儀館這三個字屬於不吉利地方，所以會用「大酒店」來代替這三個字。筆者節目《恐怖在線》早前與九龍殯儀館合辦了一次可謂破天荒的旅行團，名為「大酒店行一轉」。活動是館方主動接觸筆者，希望和我的靈異節目平台合辦一個活動，令市民對殯葬文化及殯儀館運作多點認識，從而打破一般人對這方面的忌諱及不了解。由於名額只有 30 人，瞬間已滿額，由此可見，不少人對這方面充滿好奇心。

　　這個大約兩小時的行程，館方首先帶團友到 3 樓的所謂靜音區。館方向我們說：「3 樓靈堂是專為天主教及基督教信仰的人而設，在這個樓層完全聽不到如佛教、道教超度法事的聲音，好讓家屬享用到一種較寧靜的環境，來送別先人，這是我們殯儀館全港獨有。而在設計上也會像去到教堂一樣，感覺很平靜安寧的。」團友走過靜音區後，落到 2 樓便是我們熟悉的，會進行佛、道等儀式的靈堂。

　　不過，整個旅程中團友最期待就是進入位於 2 樓的停屍間。團友一邊聽館方人員講解如何將遺體清潔、化妝及解凍等過程，筆者卻看到一個有趣景象。在停屍間裡面，只看到一張工作枱，旁邊有一張張嬰兒的相片，相信是工作人員的家庭照。與此同時，現場又擺放著翌

日將會出殯的兩具先人遺體，這個情景一生一死相映成趣，再一次證明從事殯儀業界的人多是百無禁忌的。館方能夠讓我們進入這個禁地，的確令團友大開眼界。

　　此外，館方亦安排了資深堂倌及遺體化妝師，與團友分享工作上的心得及冷知識，也是一次很難得的機會。

* 讀者如有興趣可掃碼觀看

緬甸神奇法術

　　最近大家一聽到緬甸這個國家，就不期然想到有關 KK 園區詐騙集團。不過，緬甸亦是一個著名出產翡翠的國家，從事翡翠行業的人一向視緬甸為一個寶藏。最近筆者認識了一位買賣玉石翡翠的女觀眾，她分享了一次出差所遇到的靈異事件，最後甚至要用緬甸傳統法術來解決問題。

　　對於筆者來說，在東南亞一帶最多古靈精怪法術的地方，莫過於泰國、馬來西亞及緬甸。「當年我還年輕時，第一次到緬甸出差，由於當時經濟環境不許可，加上公司安排，我們沒有選擇酒店的權利。那間酒店屬於當地較為破落的一種。我踏進房間即有很不舒服的感覺，當我準備沖涼時，突然全間房停了電，電力開開關關了數次，我已感到有點不對勁。睡覺時，我感覺到被鬼壓，而且在夢中看到一位穿當地服飾的女子，她一直向我微笑，雖然不太恐怖，但當時我感到很驚怕。」

　　女觀眾回來香港後，怪事仍然發生。「我記得返到香港正是七月十四附近日子，我習慣會到街上燒衣，當時突然感覺被一股力量推一推，而且有一種暈浪感覺。之後數天整個人像發呆一樣，經常沒精打采。我認識一位來自緬甸的婆婆，她看到我神情有點異樣，於是用一隻生雞蛋磲我全身，並且叫我當晚要好好保存那隻雞蛋。第二天，當她將雞蛋剝殼後，竟然在蛋白位置看到一個

奇景。蛋白上出現一幅很簡單的地圖,那個地方正是我燒衣的環境,而且還見到一個很小的人形圖案。婆婆說,原來我在燒衣時給靈體衝撞,令到我三魂走了一魄。後來,婆婆找來了一顆如雞蛋般大的石頭帶到現場,向着地下敲了三次,請那位亡魂放過我,我們亦燒了很多祭品作償還。翌日,婆婆再將雞蛋碎在我身,蛋白上再看不到有我的影像了。對我來說,這個緬甸傳統驅魔方法真不可思議。或許因為我在緬甸曾經撞鬼,精神狀態變得差了,返到嚟香港更加容易被靈界接觸。」

殯儀從業員 分享冷知識

　　早前筆者在靈異節目「恐怖在線」，邀請了一位殯儀從業員堅叔分享靈異事件。由於堅叔所說的故事內容非常豐富，加上他說話很有幽默感，所以很受觀眾歡迎，因此筆者再次邀請他來到節目，以滿足觀眾要求。今次內容主要跟觀眾分享殯儀業中的冷知識，有些甚至連筆者也沒有聽過，所以藉著這個專欄，也希望使讀者們也得到多點知識。

（一）一生只可以一次拿先人遺照坐靈車

　　一般來說，長子會為先人拿著其所謂「車頭相」，乘靈車上山或到火葬場進行儀式，原來人生只可拿一次。堅叔說：「傳統來說我們不會這樣做，因為做多次是不吉利的。所以，當家裡有第二次白事時，會由其他兄弟，甚至可由女兒擔當這角色。至於是獨子獨女又如何是好呢？其實也不必擔心，可由先人之姪兒等負責。不過，如果沒有拿過先人遺照，坐多過一次靈車也沒問題。另外，還要留意的是，當完成上山儀式後，拿過靈照的子孫再不可以上車，所以靈車只可乘一程。」

（二）一個月內最多只可去三次殯儀館

　　親朋好友的離世，當然沒辦法預計，有些事情真的可以一不離二，或二不離三。堅叔認為：「如果真的不好彩，

要接連到殯儀館送別親友的話，在一個月內最好不要去多過三次，因為有說，事不過三！畢竟，殯儀館這些地方是陰地，我們做這行業已百無禁忌，但一般人不知道，在時運低時進出殯儀館，較容易惹上靈界的問題，所以要特別留意」。

其實，這兩項殯儀冷知識只是冰山一角，堅叔也曾開班教授相關知識。中國人在殯葬的過程中的確有很多繁文縟節，偶一不慎做錯或者影響很大。

「通勝」查日腳知道撞鬼原因

　　每年新年時，不少人會查看「通勝」的春耕圖或地母經的預言，來作迎接新一年在心理上的準備。不過，這本天書真的可謂是本百科全書，上至天文地理，下至教英文發音等也能找到。此外，還有可解化靈異事件，查出撞鬼的原因及病理症狀，我們一般會稱作為「查日腳」。由於古時交通不方便，醫學資訊未出現，當人們患病也會想到與鬼怪有關，加上要找師傅處理問題也不容易，所以查日腳對當時的人甚為重要。雖然，現代資訊發達，但有些事情亦難以解釋，故查日腳仍有其價值。

　　大家還記得在 2005 年出道的二人女子組合 Krusty 嗎？其中一成員名叫 Jan，她原來在出道不久便遇上一件怪事，結果要經查日腳來解決。「那夜我與朋友在尖東吃飯後，準備步行到尖沙咀，在途經近行人天橋下，我們停下來互相訴說心事，而我便向著花槽大吐苦水，當晚還未出事，翌日怪事便來了。」Jan 起床時已感天旋地轉，渾身不對勁，後來要同事立刻送她入急症室，工作也要取消。「當年遇著禽流感，醫生問我有沒有吃過雞，但我只能簡單回應便陷入昏迷狀態。」

　　原來當 Jan 昏迷之後，昨晚與她曾吃晚飯的其中一位朋友感到事情有點不尋常，私下跟其爸爸討論這件事，那位長輩二話不說便替 Jan 到一間廟宇查日腳，了解是否跟神怪有關，結果查出來的資料令人吃驚。「我由上

午入院之後昏迷，直至黃昏突然醒過來，而且嘔吐了很多次，不久後我感到正式恢復過來。」為甚麼 Jan 可突然醒來呢？原來在經查日腳後知道，昨晚她在花槽可能因語言上太激動而得罪了一位靈體。「他們跟我說是一位被火燒死的日軍，是叫甚麼火燒鬼之類，他們立即幫我燒衣紙給他。不得不相信，我之後便清醒過來，真的很神奇。」

筆者知道想查日腳的人，必須知道懷疑撞鬼的日子與時間，才能根據通勝的天干地支查看。

古法驅邪原來真係有效

　　用通勝「查日腳」方法能夠知道靈界中招者，在甚麼地方撞到甚麼的靈體，然後可按照其所寫的方位進行拜祭送走亡魂。筆者日前與一位圈中幕後人談論到「查日腳」，原來她也曾經因為好奇而自找麻煩，最後也要用上這個方法來驅邪。「當年我們和家人住在土瓜灣的唐樓，有一天看到很多消防員及警察到來，我們才知道住在對面的一個伯伯過身，由於當時年少無知，我還專登走出去看過究竟，更目睹他的屍體，雙手還伸直。現在回想起才知道他應死得不尋常，消防員還向我們借香，去辟他的屍臭味，我還看到他被抬出的整個個程。不過，當晚我開始肚痛胃痛，我便知道中了邪。」

　　無巧不成話，女事主媽媽靈機一觸知道女兒的病應該是與撞邪有關。「好奇怪，當晚我去醫院睇急症，醫生竟然開了止咳藥比我，弄得延遲我的病情，之後整個星期沒好轉，媽媽於是去衣紙舖為我查日腳。結果查出是指我好奇八卦，就是衝撞到鄰居死去的伯伯，最令人不寒而慄的是，文字所寫的肚痛胃痛真是百份百準確，我拜完之後便沒事，此後我再不敢多事了」。

　　除了「查日腳」之外，女事主還跟筆者說：「我有位女性朋友，她自去了一次行山回來後雙眼便紅腫起來，她覺得有點古怪。結果她聽從一位長輩說，要她不斷拍打自己雙臂至通紅，結果她便不藥而愈，這些古法真癒

很神奇」。

　　當然，有病必須看醫生。但久治不愈，或許一嘗這些偏方也無可厚非的？

行山遇結界如何自救

　　有謂「欺山莫欺水」，但筆者卻認為山、水也不要欺，因為同樣容易出事。過去幾年多因為世界受肺炎疫情影響關係，跨國旅遊已絕跡。香港人向來愛旅遊，既然不能外遊，港內行山露營玩樂代之而起。的確，筆者本人跟朋友也多了機會走到上山，欣賞香港美麗的景色。然而，不少人因缺乏行山經驗或低估行山危險性，故意外頻生。這些意外除了部分是自身因素，有些可能涉及一般人理解為受結界或山精妖魅影響的失蹤事件。當中最經典的是丁利華個案，他 2005 年在西貢行山失蹤至今，人們大多認為他是誤墮結界以致人間蒸發。2016 年另一位獨自行西貢北潭涌的人士鵬哥，同樣經歷了一次懷疑進入了結界的經歷，幸而他最後可走出這四日三夜的詭異旅程，否則有可能成為丁利華事件的翻版。

不理結界 勿一人行山

　　為甚麼這位鵬哥可成功逃離結界呢？筆者最近與司徒法基師傅曾討論過。「我近日才仔細看回有關他的報道，從他回憶裡所看到的景物，我姑且得出以下結論：一、懂得走近河水邊。一旦受山魅迷惑，他們多能利用叢茂密的樹林施法，令人無法看清前路，所以應該走近河水旁，加上潺潺水聲有助提升個人敏感度；二、當頭腦清晰，便能分辨景物是真是假，例如鵬哥知道那段路根本不應出現墳墓，便知道要另覓方向了；三、一旦入黑仍

未能走出困境，便不要再前行浪費氣力，寧願找個安全地方休息，待天亮才找出路；四、如果有宗教信仰，也可以透過念誦經文或咒語來安靜情緒，甚至可能破其法，這些方法也可一試」。

筆者認為無論閣下信不信有「結界」，無論有多豐富的行山經驗，切勿一個人出行，這才是保命的不二法門。

新款電動車可變靈體測試機

　　早前因一條曾在網上流傳的短片，引起一眾靈異愛好者談論說：「真的嗎？那新款的電動車可以探測到靈體存在？」究竟這條片內容是甚麼呢？該影片看到駕著該款電動車的司機在一個四野無人的墳場內駕駛，但在車內的螢光幕裡，竟然出現一些人形公仔移動，這表示它從雷達中偵查到有行人在前面，但詭異的是，前面根本沒有一個人，所以便引起網友廣泛討論。筆者為了釐清事實，找來一位專家作了解。

　　Chris 既是一位工程師也是電動車車主，故最適合找他來回應一下。「現在已是該牌子第三代的電動車，研發商希望可將來能在無人駕駛的情況下可自動行駛，所以這一代便在車頭上加上兩個鏡頭及更具偵察力的雷達，使它可在行車中一旦感應到有行人在前，它便可以停下來。不過，我們看到該影片在沒有行人的情況下，螢幕竟然顯示有人的話，在理性層面上解釋，可能是研發商將安全系數提高了，即是無論前面的東西只要是似人形的話，它便當作是真人處理，而可能因為車前的墓碑有些像人形，所以便出現了警示，或許就是這個原因吧。當然，也有可能它已偵察到人類肉眼看不的靈體吧」。

　　當筆者在節目討論過此事後，即接獲兩名觀眾的回應，他們同樣出現這情況。一位是在元朗區近唐人新村一個私人屋苑外，「我試過好幾次經過那個位置時，螢

光幕出現了人,是它認錯燈柱是人,還是甚麼呢?」另一觀眾報料是在清水灣道轉入安達臣道入西貢時,也試過在這位置顯示有人,但實際上這個位不可能容納行人,所以也有點怪異」。

　　究竟這款新晉電動車真的能無意中偵察到靈體,還是只是因新改良而出現無可避免的技術差池,還需時間作證明,但對喜歡研究靈異事件的人來說,也多了個有趣話題。

詭異「雞毛降」

降頭相傳是起源於中國雲南一帶，當地的少數族裔如苗羌等，會利用這些特製法術加害別人或作自身保護。據說，當地的女子多多少少也懂得作降頭。其後隨著人們遷移，降頭術亦在東南亞其他地方流行起來，反而現在一說到降頭，大家會先想到是南洋一帶如蠱毒之類尤為盛行。

有一位法科師傅，分享了她多年前一件遇上有人中「雞毛降」的恐怖事件。「我那天剛從日本回來便在機場收到師傅的電話，他要我立刻上壇幫手處理一單個案，我抱著跟師傅學習的心態，沒多想便應承了，後來見到事主才知道她中了一種叫雞毛降」。據師傅回憶，事主是她的師姐，她感到身體兩邊肋骨出現不尋常的痛楚，還可觸及裡面有一枝枝異物凸出的情況，女事主在醫生檢查後不果，於是便向其師尋求另類治療。「我去到壇見到她，請她將患處給我看，她兩邊肋骨皮膚呈現多個黑點，我突然想起可用化妝的眉夾將這些東西抽出來，結果全部是帶有骨的雞毛，雞毛還是軟綿綿的，我人生是第一次看到這種降頭，既不可思議又大開眼界。」

然而，事件還未結束。「當為師姐解了降頭後，有一晚我和先生正於西環吃飯，突然心血來潮要返回自己的神壇，當我一開門便見到一個黑影閃走了，我已知道心知不妙。」後來師傅發現神壇的香爐以及祖師爺的神

像有一部分已被破壞。「我看到之後感到很激動，因為
對方的降頭師來襲擊，不過我們為人解決問題，就必須
承擔後果。」

　　那麼，普通人真的如此輕易中降嗎？「師姐原來是
沒有做到某些承諾，所以就有如此下場，一般人沒有與
他人結怨，其實又不用太擔心吧。」師傅忠告地說。

清明節燒衣包須知

　　每年的清明節開墓打後的一個月也可到墳前上香，一盡孝子賢孫的責任。最近，筆者收到一位女觀眾查詢，她告知曾在掃墓時出現衣包燒不掉的異象，究竟是甚麼的一回事呢？

　　女觀眾透露說：「爸爸在 2019 年過身，他跟媽媽也同葬於和合石，上星期便走到墳場一起拜祭他們，我們首先將準備給爸爸的衣包燒掉。安放好那些祭品後，便去後土上香，然後便開始燒爸爸的衣包，火把是從底部燒起的，一般情況下會很容易燃燒起來，但那次竟然燒不著，我們心想，是衣包底過厚所以難燒嗎？於是，我們由頂部再燒起，但情況卻一樣。其時，我不禁大聲叫道，爸爸收衣包吧。家姐見狀，她準備先燒著溪錢再算，豈料連溪錢也燒不到，這種情況是從未發生過的，我們心裡也有點擔心。這刻唯有先燒給媽媽的衣包好了，這個竟然很快便燒著了，而爸爸的那個衣包瞬間開始冒煙了，我們立刻將爸爸的那個放入媽媽衣包火堆中，這樣才順利完成。那天陽光普照，而且兩個衣包也沒受潮，是爸爸接受不了自己已去世嗎？還是有其他原因？」

　　筆者向一位法科師傅查詢，結論如下：「首先，大家必須先拜前、後土，他們是先人的守護者，所以燒給先人東西之前一定要向他們稟告。至於在衣包上必須附上路票，寫清楚先人的名字、出生日子、籍貫等，這樣

陰間的發貨員才不會派錯。如果一切已做妥，但衣包仍燒不著，這可能代表先人有心願未了，可能要找問米或法師作了解吧。」

　　我們仍在世的人，當然無從百分百得知燒衣的真正效用，但這個動作最少是一個心安理得的行為罷了。

港版《我是遺物整理師》

　　近年有套韓國的電視劇《我是遺物整理師》在Netflix熱播中，筆者多年已沒有追看劇集的時間與衝動，但由於口碑載譽，加上筆者亦曾接觸過一位香港的凶宅清潔師，他同樣要處理亡者的遺物，故決定「的起心肝」一追此劇，果然沒令人失望。

　　這位港版凶宅清潔師叫William，他於三年前開始營運這間公司。「我一直做開殯儀，但之後有亡者家屬希望我們到凶宅現場作清理，我們既然已做了殯儀，又覺得面對凶宅留下來例如血跡、屍蟲之類的東西也不會太抗拒，加上真心覺得是為有需要的人服務，所以成立了香港第一間的凶宅清潔公司。」至於在處理遺物上，他們會很小心，只要一出貪念也容易遇上噩運。「一般來說，家屬多數會在現場看著我們做事的，亡者的遺物會一一交到他們手上，如果他們不要的話，我們會代送到垃圾收集處。記得有一次去屯門一個凶宅，我們正在做事時發現了亡者大約有三十萬的現金，我們第一時間交到家屬手上，但在那疊現金之下竟然有一隻相信是古董類的玉石大碗，家屬吩咐我們拿去丟，但最後有個同事，在我不知情下帶了返公司。過了一會，我收到另一客人無故要取消翌日的工作，這樣是絕少出現，我想了一會後，可能是先人不高興了。我叫同事立即要準備一些衣紙燒給那位先人，亦向先人表示不會收藏下來，把大碗丟去垃圾房好了，此後再不敢這樣做。」

　　此外，原來 William 另一同事也試過有類似情況。
「該同事拿了亡者的一件首飾之類的東西回家，之後他
常感到半身乏力，像背著重物一樣。經師傅查看後，原
來是亡者一直跟著他，後來要將之送回家屬，事件才能
結束。」William 說：「我們做這件事，只是一心要幫人，
有歪念的必定做不下去。」筆者對他們這份具厭惡性的
工作深表敬重。

農曆七月鬼節正確解讀

我們或許已過了很多個七月鬼節，但仍有不少人不太清楚它的來源，甚至日子也會搞錯。早前筆者邀請一位自少受佛教影響，大學時畢業於中文大學宗教系，甚至已成為出家人的法忍法師上節目，她向我們解釋清楚了一切。「七月十五是盂蘭盆節，盂蘭這個字是救贖一些被倒吊的人。人所皆知這個節日，就是一位叫目犍連尊者救母的個案而起。佛祖說這是因果問題，要透過一眾的力量可以改變。而眾僧在每年四月十五至七月十五這三個月裡會閉關修煉，去到七月十五那天便會出關，借助他們修行的正果，便可以為曾犯錯的人作超升，故七月十五那天亦稱為佛歡喜日。」

為甚麼後來會演變成七月十四是鬼節？據法師所講，原來這是與一段歷史有關係的。「在宋代元初之間，蒙古對中原打主意，想進入來侵略，甚至俘虜中原人，而七月十五那天正是一個墟期，會有很多人出來聚集，這樣便給蒙古人一個很好的機會，所以當時有人建議，提前一天到七月十四去做法事，故出現了七月十四的誤會。另外七月十五那天，亦正是道教的中元節，是地官用來赦免人間罪行的日子，之後亦演變為人鬼的赦罪，在世的人要為死去的先人做功，才能夠赦免他們之前所犯業。而民間說法就認為每當七月一日開始是鬼門關大開的日子，於是這一個鬼節就是一個佛、道教以及民間信仰融和一體的節日。」

　　而法忍法師也遇過數次的靈異事件，其中一次更親眼目睹。「我當年在中文大學修讀宗教系，有一晚深夜時間，我駕車載着其他同學到火車站，當私家車駛到近迴旋處的時候，我突然間看到一個穿上白袍、雙眼沒有焦點且面色蒼白的女士，獨個兒站在路邊，我跟她甚至乎有眼神交流，而我其他同學都看不到的。結果，當我放下了他們之後便以九秒九車速離開，這就是我人生中親眼目睹靈體最深刻的一次。」

七月鬼咁棹忌

　　一年容易又到鬼月，每逢農曆七月，大家就會聽到很多關於在鬼月不能做的事，例如不夜歸、不到山澗水塘游玩水、不貼牆行、不吹口哨、不搬屋及不辦喜事等等。當然，禁忌還禁忌，信則有不信則無。對於筆者來說，既然每日以靈異事件掛在口邊，也寧可信其有了。

　　最近筆者網台的拍攝團隊，準備在這鬼月拍攝一系列的禁忌短片，而其中一條是講及吹口哨而撞鬼的，當中橋段是叫外賣所發生的怪事。但真的很邪門，他們就在叫外賣時遇上一件難以解釋的事。同事 Ken 就是今次事件的主角，他憶述：「那晚我們租了荃灣一間酒店房拍攝，其實我們上次去，也有一位高靈演員看到在走廊出現靈體，不過他們不影響我們拍攝便沒多理會，但今次竟然發生在自己身上。」

　　攝製隊大約晚上九時多放飯，Ken 負責叫外賣，「我們利用外賣 app 叫，上面寫住大約 90 分鐘內送到，但不到 45 分鐘便收到來電叫我落酒店大堂拿食物。到了大堂後的確見到有人派外賣，但原來不是我的 order，於是我在手機上回撥剛才那個號碼，接聽的竟然是個的士司機。我已覺得奇怪，為何回撥會打錯電話呢？過了一會我再打同一樣的號碼，同樣是個的士司機接聽，我還被他罵了一頓。之後我便返回房間，過了不久，外賣的人員打來說，為甚麼你們不下來接外賣，我在酒店外等了超過

10 分鐘。當我再落大堂，這次真的看到他，還看見他被雨淋濕。外賣員一臉不悅，但我跟他說，我真的找不到你，而且回撥電話又打錯了兩次，我還給他看我手機的回撥紀錄，他說他真的沒有收過我的電話，還說是自己倒楣！究竟是手機網絡問題，還是我真的撞鬼呢？」

對於同事 Ken 的遭遇，我們不能確定 100% 是與靈界有關，但也冥冥中像有點巧合。而且那間酒店亦曾經發生過恐怖的自殺事件，亦有不少靈異事件傳出過。總之一句，鬼月大家小心點吧。

殮房從業員容易撞鬼嗎？

一般人會以為在殮房工作的人會較容易撞鬼，因為大家會想到，他們一年到晚與屍體為伴，應該會有很多的靈異事件吧！

筆者最近認識了一位廿來歲的年輕人，他大約四、五年前曾在殮房裡面工作，為甚麼他會選擇這份工呢？泰仔輕描淡寫地回答：「當年在報紙看到政府的招聘廣告，在好奇心驅使下去一試。主任問，在殮房看到死者的家人很傷心地哭，應該作出甚麼的反應，我說我只會遞上一包紙巾給他們，不需要說甚麼安慰的說話，相信這是最佳的處理方式。」就是這個簡單的答案，泰仔便即時得到取錄，從此開始他在殮房工作的日子。

畢竟，並不是每一個人在其人生中也有機會進入殮房一看，所以很多人對殮房這個地方，也充滿着好奇及恐懼，筆者問泰仔有甚麼是印象很深刻的。「我最記得返工初期，有一次只有我一個人在殮房內的大廳工作，突然間聽到裡面傳來～達達達～的聲音，它很有規律地出現，我心想是否屍變？我當時真的很害怕，後來才知道原來只是一場誤會，原來這些聲音是冷氣的聲音，現在回想起也覺得可笑。」不過，泰仔真的遇上過一次難以解釋的靈異事件。

根據泰仔說，他沒有太多的靈異個案，唯一一次反

而令他覺得感動。「有一晚我需要返夜班，大約在 10 點鐘左右收到一具遺體，處理好之後我便返到休息室準備睡覺。那夜晚上我發了一個夢，有一位伯伯跟我說，其家人遺忘帶走一把粉紅色的雨傘，他還仔細向我形容，雨傘有櫻花圖案。在夢境裡我還向他說沒有啊，但伯伯堅持有，麻煩我明天幫他找一下，我答應了便繼續再睡。翌日醒來真的發現在失物的紙箱裡，真的有這樣的一把雨傘。後來當我打開昨晚運來的那件屍袋，裡面那位先人就正是報夢給我的那位伯伯。」當泰仔將那把雨傘還給伯伯的家人時才知道，原來這把雨傘是他們一家人曾經出外旅行時買回來的紀念品，很有紀念價值。「所以我們不應輕看任何一件先人的物品，因為背後的意義可能是很大的。」

現在泰仔已是一間紙紮用品店的老闆，雖然工種與之前不一樣，但是他服務先人的心仍是不變的。

動物傳心術你信唔信

　　每逢提到有關動物傳心這個項目，通常反應有兩極，有些人會很相信，但亦有人會很反感，認為這是騙人的伎倆，尤其是之前有電視台做過測試，結果有人竟能與一隻膠龜溝通。對於筆者來說，由於經常接觸到一些「高靈人士」，他們能夠與靈魂溝通，而動物亦有靈魂，所以能夠與動物傳心也不是沒有可能的事。還記得數年前，一位動物傳心師為筆者妹妹一隻已死去的狗作傳心，動物傳心師竟然知道牠在彩虹橋上與另一頭灰黑色的大狗玩耍，之後筆者在妹妹口中得知，原來她燒了一頭紙紮大狗給牠作伴，而這頭狗生前也很喜歡與大狗玩耍，這些資料連筆者也不清楚，為何動物傳心師會知道呢？所以對筆者來說，一個有料的動物傳心師的確可以與動物通靈。

　　最近，筆者在另一位傳心師夢妮坦口中得知一件不可思議的事，夢妮坦說：「我有一位已懷孕數月的女士求助，她說家中的一隻小狗，最近不知為何經常跳到她的肚子上，行為有點怪異，加上自己懷孕，當然要保護胎兒，於是向我查詢。當我看到小狗相片時，突然出現有一個像塑膠玩具的 BB 景象，我第一時間問他，之前有否落過 BB，她肯定地答我沒有。我在百思不得其解之下，突然在小狗給我的畫面中知道，原來那位女士現正懷著兩胎，但連她本人也不知道，事主之後找醫生再作檢查，竟然發現是個孖胎，但不幸的是其中一胎夭折了。」

　　另外，筆者認識一位好友因愛犬離世而相當傷心，後來經一位動物傳心師為其愛犬傳心，由於能夠對照狗仔生前的性格、愛好等，頓時令事主釋懷，後來更參加動物傳心的課程，所以其實無論動物傳心存在與否，筆者認為，只要能為動物主人放下心結，動物傳心也有其存在價值。

在先人遺照前別做……

　　在佛教的概念裡，鬼是有五通的，即是天眼通、天已通、他心通、宿命通以及神足通，他們能夠對在人世間所發生的一切瞭如指掌；又如果人主動接觸靈體與他們有所交感，便很容易接上這條陰陽天線，從而有機會受到靈界影響。很多靈異個案都是因為出於好奇，不自覺地與先人作交感，而最常發生的就是，當事主看到了先人的遺照或名字，心裡面或出現一點邪念，接著便出現麻煩事，以下這個案或多或少也是如此。

　　一位風水師傅在節目分享了這件真人真事。「我有位男性朋友在車房工作，之前有位長輩過身，但其靈位仍安放於長生店作暫時供奉。某次去拜祭，突然看到一張比其他先人相片大的遺照，她是一位大約 20 多歲的漂亮女子，便心想為何這張遺照特別大？也好奇她為何如此年輕便離開？然而，更不應該的是，他竟然偷偷從手機拍下這張遺照。」翌日，事主如常返到車房工作，之後有年輕女子駕駛名車要求修理。

　　「當他第一眼看到那個女車主，心裡面也嚇了一驚，因為她與昨天在長生店看到那張遺照，有接近八九成相似。其時他沒有想太多，最後收了八千元修理費，卻在埋數時找不到那筆錢。」事主之後有點不舒服，第二天更沒有上班，這刻知道可能與遺照有關。於是他再去長生店，借故再去拜自己的親人，其實是買了不少甜品之

類，相信年輕女子都會喜歡的食物去拜祭她，心裡說著有怪莫怪等說話。「結果，當他返回車房時，同事跟他說，失去了的八千元現在已尋回，究竟這件事是真的冒犯了先人？還是自己大意數錯錢呢？我這位朋友以後也不敢再犯了。」

雖然筆者不會主動與靈界交感，但當每次看到先人的相片或名字時，也會第一時間轉移視線，慎防自己思想不受控，產生不正確的想法，大家以此個案為鑑。

麻雀館老闆大爆禁忌與靈異事件

　　麻雀館一向給人的感覺都是充滿神秘色彩，亦不是一般普羅大眾會進入的娛樂場所。筆者偶然會與朋友打雀耍樂，但也不會進入麻雀館，所以一生人暫時也沒有進場體驗過。近日，在朋友介紹下認識了一間麻雀館的老闆 A 君，解釋其實麻雀館並不像傳說中可怕：「我之前是做時裝生意的，半年前才開始經營麻雀館。麻雀館的生意也是偏門的一種，所以如果那天沒有人客或公司輸錢，我們也會走到街上燒一些衣紙，一張張白色長方形的是溪錢，用作派錢給四方眾生。至於燒那些冥通銀行的，就是希望好兄弟帶錢入來我們的舖頭是有分別的，我們不會晚晚做的，是有需要才會去做」。

　　正所謂「賭仔姓賴」而且又迷信，究竟 A 君有沒有碰上過一些奇怪的客人呢？「有一次有位女士來打麻雀，初時她輸了很多，之後她離開賭枱到廁所，出來後形勢180度轉變如賭神上身，舖舖自摸，贏了很多錢且準備離開。就在這刻，我們看到她腳腕上掛著一條紅色內褲，很明顯，當她輸錢時往廁所除內褲，又急急腳忙於離開，這場面真的很搞笑，這些所謂賭錢的小邪術，我們也不能阻止到的。」

　　至於在麻雀館裡面有沒有靈異事件呢？ A 君便分享了一件靈異事件：「有位女士在打麻雀途中突然心臟病發，送院途中不治，之後她屋企人也到過附近為她做法

事。但其後麻雀館的生意一落千丈，與她打牌的三個人也像沒有好結果，一個經常輸錢、第二個患重病、第三個像是失蹤一樣，沒有人找到他。老闆看勢色不對，便找來法師了解事情及為他做了一場法事，不久後這三位麻雀腳再一起現身了。法師說那位死者原來一直不知道自己死去，還每天來要等他們三人再竹戰過」。

A君補充說，「打麻雀時可能會吸引附近的靈體圍觀，如遇上手風不順最好不要大吵大鬧，心裡還要暗暗稱讚那副壞牌，這樣在身邊的好兄弟才有機會出手相助，還切記小賭怡情。」

芭蕉樹下招女靈

　　芭蕉樹一向被視為容易招陰邪，由於其葉子大，長年遮擋陽光，相傳容易藏著山精妖魅，所以在東南亞一直流傳芭蕉精迷惑人的傳說。由於樹精需要吸取人的精氣神，他們找到獵物 (一般是男性) 會入其夢，幻化成美女進行男女魚水。久而久之，男的便會陽氣盡損，甚至生命也受到影響。一般人對這些妖魅敬而遠之，不過，亦有人會願意以身試法作親身感受。近年筆者認識不少年輕有膽量的靈探 YouTuber，其中一隊名為「靈像 MA」，隊員 Jely 欲一試如何招芭蕉樹精，年輕人真是勇氣可嘉。筆者為了承其所願，在法科師傅的協助下，在元朗大棠的停車場附近的芭蕉樹下，進行了這次招靈。師傅說：「我知道那裡真是有芭精正在修練，所以只要我作法後，Jely 應該很大機會感受到她的出現，我會將他的手指，用紅線綁上樹作連結，還要他全程蒙起雙眼來感受，我會一直在視線範圍裡面看着他，確保他安全得來又能與芭蕉精女靈獨處。」

　　那夜，一眾恐怖在線的觀眾即時看到這場招靈法事，在本來寂靜無風的環境下，突然間看到 Jely 的左方，有一片蕉葉不停飄動，而這個現象一般所說就是芭蕉精到來的先兆。「我感覺到周邊有很多聲音，有很多腳步聲圍着我，我被綁上紅線的手指頭有被拉扯的感覺。」而筆者與一眾觀眾突然在鏡頭前看到，在 Jely 的後方出現一股無形力量，將其中一片大芭蕉葉擲向 Jely，令其身

軀一度傾前。「這個力量真的很誇張，不知是否她想進入我身體，整個過程很不可思議。」完成了招靈後師傅補充說：「由於整件事是在我控制範圍之內，而且在招靈前我們已燒了很多衣紙給女靈，所以我知道她沒有不滿而且很高興，但在此我必須強調沒有師傅在場的話，這種招魂儀式是很危險的。」而 Jely 當晚睡眠質素不好，沒有出現任何綺夢（筆者心裡暗笑）。

鬼聲鬼氣叫我起身

　　回想寫了這個專欄那麼多年，超過九成多的靈異內容，都是有關觀眾或朋友身邊的事件，加上作者並不是「高靈人士」，所以屬於自己的親身經歷可謂少之又少，然而今天的內容是筆者的第一身個案。說起來，這件事大約發生在三年前。

　　當年筆者舉辦了一個泰國祈福團，主要帶團友尋找高人及法師，透過他們所做的泰國法事，為團友們添上好運。我們往清邁參拜一位高僧，他利用泰國獨有的透明刺符將經文刺在手掌上，寓意會帶來財運。本來筆者並沒有考慮進行這個法事，可是團友們起哄說：「為何搞手自己也不做呢？」結果筆者在半推半就的情況下就嘗試了人生第一個紋身刺符了。可是返到香港不久後便出現了一些怪異現象。

　　當年曾有數天，筆者仍在熟睡之際，突然從右邊聽到一下很奇怪的叫聲，就像有人發出「喔」一聲的音調，然後便給這種聲音嘈醒了，每次大約是清晨五、六點左右發生。最初，筆者還以為是自己磨牙，由於從未發生過，故筆者也先向醫生查詢，結果醫生也未能說出答案。由於事件頗為詭異，最後筆者便請教了一位師傅，他竟然說：「因為你在泰國做了這次紋身，這亦涉及某些高維度的力量，可能它有訊息告訴你吧。」雖然整件事沒有任何負面影響，但筆者始終覺得是一種騷擾，故法師

當時用已唸有經文的聖水來給我沐浴，用上七天之後，怪聲真的消失了。筆者還以為事情已告一段落，豈料三年後的今天，同樣的事情再出現。筆者日前去了元朗一間泰國寺廟進行潔淨儀式，根據某位「高靈人士」說，存在着我身上的那個高維靈體，是想告訴我是時候離開了，希望得到高僧的帶領。法事已經完成，筆者亦再沒有遇上過這件事情了。

尖東商廈開 OT 連番撞鬼

2022 年 2 月份香港疫情非常嚴峻，work from home 的情況被迫再度發生，當然有人認為在家工作不用每天逼車逼船更好，但其實又有誰想這個疫情持續而繼續 work from home 呢？不過，試想當你一個人在辦公室工作的時候，原來周圍有靈體陪住你，你還敢在辦公室工作嗎？

最近有觀眾在筆者的網上靈異節目，分享關於她一個人獨自在辦公室開 OT，而遇上靈異事件的經歷甚為恐怖。女觀眾 MayMay 八十年代在尖沙咀東部某幢商業大廈的一間日資服裝公司工作，她常獨自每晚開 OT。「我初入職時，由於工作量太多要開 OT，發生在公司的怪事有很多，例如最初聽到會有很多的腳步聲走來走去；之後又聽到有原子筆無故跌落地下。後來更誇張的是，同事的煙灰缸也會推落地下、還有影印機會自動進行影印，而傳真機亦會無緣無故撥打號碼打到別人的家；還有在我老細房間門外的一個小休處，我總是聽到所謂鬼食泥般的對話。總之，靈體似要告訴我他們的存在。」其實以筆者所理解，靈體會加大力度令在世人知道他們的存在，而達到某些效果。最恐怖的一次，據 MayMay 所說，整座大廈的走廊，過了晚上 11 點之後便會關燈。

「那天晚上我準備鎖門離開，再以打火機作照明。豈料，竟找不到一條對的鎖匙。就在這刻，我看到光源背後，出現愈變愈大的人影，我知道『它』經已站在我背

後了，當我轉頭一看是一個我並不認識的護衛員在巡邏，打扮古怪，行起來更像紙板人沒有正常人的波幅，由於我受驚過度不停向他大罵，但他竟然完全沒有任何反應。事後我想起來，相信這個護衛員也不是人。」MayMay分享時猶有餘悸。

親耳聽到靈體對答聲音

縱使筆者做咗靈異節目超過廿年，但由於一向只是聆聽者角色，加上對靈界的敏感度屬於低靈，所以人生暫時只有數次靈界的接觸個案。不過，最近可以加多一單了。話說曾有數個喜歡周圍靈探的年輕人，到筆者節目分享他們曾到過九龍城一幢已荒廢的唐樓進行靈探。

從他們的影片看到現場環境非常凌亂，很多用品及家具也沒有被帶走，氣氛異常詭秘，所以筆者邀請他們再到現場作節目直播。就在這次直播中，不少高靈人士看到現場有很多靈體，特別有一位年長的伯伯像有惡意，甚至想衝入他們的身體。兩位師傅看到情況不妙，決定即時駕車去到現場為他們作保護，而筆者也跟進著整個過程，當晚情況既緊張又刺激。

當兩位師傅到達事發單位，他們不約而同認為當晚不宜即時處理，只希望現場的靈體能夠暫時釋懷，應承再擇日子到現場為他們超度及拜祭。而當晚離開現場時，原來筆者被一位靈體小朋友一路跟着回家，幸而得到師傅即時作法才解決了問題。

其中一位法科師傅說：「我們之後收到一個訊息，現場那位伯伯靈體比較多要求，他需要一盒四寶飯、假牙以及雞血。至於為甚麼是雞血？我們也不太清楚。但是現在的環境根本沒可能找到雞血給他，所以我們只能

滿足到他其他的要求。」

　　而師傅聯同一眾徒弟以及節目製作隊返回現場作祭祀，師傅聽到那老伯靈體說要求香煙，師傅問：「你是否要香煙嗎？」結果我們一眾人包括筆者也聽到了一把很沉厚的聲音說：「嗯！」他回答的聲音，甚至在我們拍攝片段中也被錄下來，這算筆者多年來第一次聽到那麼直接，甚至不用甚麼靈探儀器輔助也能聽到靈界的聲音，算是非常震撼的一次。

　　師傅說：「雖然這個伯伯靈體已被送走，但現場仍有很多其他靈體不願走，我們做師傅的也只能做到這地步。」

邪靈最怕聽到的一首歌

筆者中學年代就讀基督教學校，每星期周會的時候都需要唱詩歌，由於自小隨父母拜神的習慣，對唱詩歌的環節只是交功課。不過，最近因為一位被訪者的關係才知道，原來唱詩歌有驅鬼作用。Gigi 是一位虔誠的基督徒，她沒有信仰之前，原來曾經歷過一段被鬼附身的可怕經歷。

Gigi 靈異的一生由她從小擁有陰陽眼開始。「我記得大約三、四歲時，曾在馬路上見到一個盤膝而坐的婆婆，我問媽媽為甚麼這樣，說時遲那時快，那個婆婆已飛上天上消失了。自此之後，我便好似擁有一種特殊能力，我感覺到我的眉心中間像能夠吸取能量，所以每當我接觸到一些與水晶或其他聖物，我便知道它們有沒有能量，就是因為這樣，我被邪靈利用愈踩愈深。」眾所周知，當一個沒有正式修行的人，無緣無故擁有這樣的力量，其實是邪靈作祟。「當時我在電視台工作，其中有一朋友知道我這樣是很不尋常的，甚至認為我被邪靈附身，他便找我和兩位基督徒，相約在一間咖啡店見面。」據 Gigi 所說，當日他們一見面，她整個身體便不由自主不停在搖晃顫抖，這是潛藏在她身體內的邪靈作出反應，還立刻叫 Gigi 棄掉所有身上的符咒及水晶。

「很奇怪，本來這些東西對我來說很重要，但那刻我又很願意地交出，可能是聖靈給我的指引了。」

自此之後，Gigi 每個星期要到教會進行驅魔。「他們說我身體裡面有很多很多的靈體寄附著，所以要一步步來驅除，整個過程歷時 10 個月。除借助聖靈力量外，原來著魔的過程中，唱詩歌是很重要的。因為詩歌的內容是歌頌聖靈，而一眾邪靈最怕聽到、在芸芸眾多詩歌中，我認為《Sing Hallelujah to the Lord》很有用，無論當時我被人驅魔，還是現在我幫助別人去驅靈，只要有人身上有邪靈，聽到這首歌時便沒有異常反應。」

Gigi 補充說：「邪靈能夠附體，最大可能就是人的心靈上有缺口，只要保持正能量，沒有貪婪之心，邪靈便很難乘機入侵。」

又一例證：人恐怖過鬼

　　有謂「人恐怖過鬼」，這句說話已是不爭議的事實。而更醜惡、更恐怖的是，為了一己私慾而陷害與自己有血緣關係的親人。筆者最近聽到一個家人之間為了爭奪樓宇的擁有權，竟以邪法作陷害的個案，由於手法極度殘忍，整件事聽起來也匪夷所思。

　　事件的主角是一位從事娛樂製作的幕後人員，他數年前透過我們一位共同朋友尋找師傅的協助。「Edmond，或許你忘記了，當時因為媽媽身體突然變差，而且說話開始語無倫次，我懷疑她不是身體出問題那麼簡單，所以託你找一位法科師傅查詢，結果師傅告訴我，老人家當時所住的地方，並沒有靈異事件或者其他問題，純屬退化現象。」既然是這樣為甚麼事主還認為有其他原因呢？原來當中涉及一個單位擁有權的問題。「這是一個大約 300 呎的公屋單位，我有一位親戚對這個單位虎視眈眈，但單位的業權並不屬他，他曾經有一段時間甚至霸佔在裡面住，經過一番擾攘後，他最後也決定搬走。但恐怖的是，他竟然找了一些建築師傅，在單位內將 144 口爆炸螺絲，打入全單位的鋼筋內。其用意是，以後誰住進單位也不得好死，結果家中老人家便出現身體問題，我不得不將兩件事聯想起來。」此外，這個人還將整個單位淋滿油漆，將所有傢俬以及水電系統全部破壞，筆者看到了他提供的相片後也不禁譁然！（究竟心腸要有多毒才能做出這個行為。）

　　筆者後來請教了一位法科師傅，他說：「這個做法絕對是心腸歹毒，施法者希望入住的人絕子絕孫，而打上144口釘的數字，應該是沒有甚麼意思，不過將釘子打入單位的龍脈上，就肯定是邪法。我做法科師傅那麼多年，也是第一次聽到這樣個案。」

　　該老人家現在已長期入住護老院，且患上認知障礙症，而釘子也只能作表面封蓋粉飾。又一例證說明，人的貪念是萬惡恐怖之首。

身心靈練習誤開靈界之門

　　這三年以來的新冠疫情，打亂了全世界的正常運作，生活模式改變，民生經濟受到很大影響。亦因如此，近年有不少人追求提升身心靈的健康，便開始學習例如打坐、冥想之練習。可是，有不少人選擇上網學習、跟隨一些未合資格的老師，甚至認為可以無師自通的練習，最後導致誤開接通靈界之門。筆者最近重遇了一位曾在電台共事的舊同事，原來她最近也開始接觸這些身心靈的東西，結果搞出一個大頭佛。

　　Bonnie 當年是電台創作部的同事，我們的接觸不是太多，最近由同事口中才知道她有這方面的興趣。她說：「我其實對這方面的東西一直很好奇，近年開始跟一些老師學習打坐，以及學習靈性音樂課程。有一次在課堂上，老師要求我們把期望提升靈性的慾望寫在紙上，然後通過冥想嘗試接通我們的高我。豈料突然間，我腦海出現了兩個當年所謂『大頭綠衣』警察制服的人，當時我不知道他們究竟是甚麼部門的人，因為我不是屬於那個年代。後來老師告訴我，可能我當時的魂魄突然穿越到六、七十年代，而我們上課的地方正正在中環大館附近，而大館以前是一座監獄，我才明白為何我看到兩個大頭綠衣。」

　　此外，Bonnie 有一次與其夫去銅鑼灣半山睇樓後，遇到恐怖靈異事件。「這幢大廈算是老牌的名牌屋苑，

那次看完一個單位後，我和先生覺得很適合，決定回家再作商量。那天晚上，我便上網搜查這屋苑的資料，奇怪的是，當我一搜查屋苑的名字，竟然連繫上一位女明星的名字。我再看下去之後，才知道她當年曾住在這個屋苑，並在單位內自殺身亡。之後，我突然呼吸困難，像有一種壓力纏著我，當差不多到窒息的境地時，才可掙脫那股壓力。我知道事情不是那麼簡單，再多看關於這女星的自殺資料，原來她是開煤氣自殺的，最令我不寒而慄是，我出事那晚，原來正是她自殺的同月同日。深信又是我誤開了天線而接觸到她」。

Bonnie 曾經以為自己靈性提高，因而感到欣慰，可是這些經歷發生後，有朋友提醒她，沒有好好保護自己下，這根本就是與靈界玩火，是十分危險的事。「現在我停了一切這類型的練習，待找到一個更有修為的老師，我才會繼續開始。」

執骨師傅的靈異事件

　　香港這個寸金尺土的地方，莫講話在生時一屋難求，就連過身後也難以找到一塊可永久長睡之地。就以和合石為例，如果不是屬於永久土葬，埋葬 7 年便要為先人起骨，後人可將骸骨放入金塔，或化成灰放入骨灰龕，當然找灰位又是另一個問題。

　　筆者最近為了拍攝 YouTube Channel「恐怖在線返去舊事嗰度」有關生死教育的主題，慶幸得到一位法科師傅穿針引線，才能夠在家屬同意下，拍攝一位先人的起骨實況。師傅說：「這位男先人已入土超過 20 年，現在其後人決定起回他的骨。起骨前，我們必須請喃嘸師傅進行法事，要先告訴先人，然後便開始拆石碑準備，當然我們需要擇好日子及時間進行。」此外，筆者亦邀請到一位執骨師傅在節目中分享其靈異經歷。

　　黃炳堅師傅從事殯葬行業已有數十年，他回想當年誤打誤撞而入行。「我當時只是十多歲的青少年，喜歡在青衣一帶通山玩耍。有天遇上一位執骨師傅，他正準備開工，見到我便硬拉我去幫他手，當時我沒考慮甚麼，就傻傻更更跟著他做，之後開始正式跟他學習執骨。至於我入行後，也遇到一次令我印象很深刻的靈異事件。當日我為一個先人執骨後，當晚便發了一個夢，夢中見到一位老伯伯，他以一把很低沉及恐怖的聲調向我說，我執漏了他一邊菠蘿蓋，他要我第二天立即去找。當時

我心還想著，沒有理由的，我已看得很清楚，應該沒可能，但既然有了這個夢，也不能不再去現場了解。」結果，黃師傅真的發現有一件被水浸著的小骨件，證實是膝蓋的一部分。這不得不令黃師傅相信，為先人執骨一件也不能少。

香港鐵路鬼古

　　1981 年港鐵油麻地站，因列車司機看到月台有一個穿上校服的女子跳軌，車長將列車急急煞停。詭異的是，之後竟然沒有發現有人跳軌的痕跡，事件更被新聞廣泛報道，成為轟動一時的都市傳說。

　　提到有關列車或月台靈異事件，最近收到一位曾經在鐵路公司工作的員工爆料，原來他們的工作範圍，曾遇上不少靈異事件。「這件事大約發生在 8 年前，地點發生在新界區一個很多人流的車站。當時我們知道有一個男士因病厭世而跳路軌自殺，大約在一星期後，又有另一名女士在同一個地點同一條路軌自殺；後來發現原來他們是一對夫婦，可能太太受不住丈夫去世打擊，決定與夫共赴黃泉。」

　　「大約一個星期後，當晚深夜時分車站的兩位清潔姐姐，不約而同向當值站長報告，月台等候椅上有兩個黑影，他們不明為何深夜時分仍有乘客呢？站長跟他們去現場了解後卻甚麼有沒有看到。然而，過了一會，兩個清潔姐姐又再看到他們再出現，此時有位較為年長的經理知道事件後，他應該知道是甚麼一回事，之後他請了一位師傅在現場做了一些拜祭儀式，師傅跟他們說應該就是那對跳軌自殺夫婦的亡靈，當拜祭過後他們便沒有再出現了。」

　　此外，觀眾再透露另一單靈異事件。「有一次有車長將列車駛到總站後準備收工，在月台上給公眾查詢的電話突然響起，站長拿起電話筒傳來一把男人的聲音說，可以放我出來嗎？站長巡查全部車廂後沒發現任何人。過了不久電話又再響起，同樣是那一把男聲說，可以放我出來嗎？這次站長心知不妙，他拿了一個橙及點起一枝香向著空氣說，不好意思我們現在開車門，你可以離開了，之後電話冇再響起。」而這個車站旁，本來是個墳場。

大坑觀音廟外聚眾生

　　每年正月廿六是傳統所謂觀音開庫的日子，關於觀音開庫的說法可謂眾說紛紜，但無論如何，對現代人來說便是一個既可參拜觀音又可碰碰運氣，有如參加一個抽獎的小玩意吧。筆者過往多年也隨朋友到大坑蓮花宮借庫，借了後也發現生活一切安好，為求心安理得，故借庫已成了一個年度習慣。可是，因為之前有疫情關係，廟方由以往善信自己抽利是的傳統改為職員隨機派發，雖然是欠了一點趣味感，但為了健康著想也必須接受。同行者中還有筆者的電視節目拍擋 JJ 詹朗林，他竟告訴筆者：「我去完借庫之後，當晚便有怪事發生了。」

　　JJ 自數年前開始學習打坐後，便變成「高靈人士」，他不但對靈界特別敏感，還突然會接收到一些訊息，他便會告訴身邊的人要小心去做某些事情。然而，他去完借庫後又發生了甚麼事呢？「那晚，我返到屋企不過五分鐘，便突然感到渾身發熱，我在想為甚麼會發燒呢？於是我立刻進行打坐，希望透過入定的狀態知道是甚麼原因。結果我竟然看到在蓮花宮外的道路兩旁企滿了十多廿個靈體，我不敢再作深入了解，免得有甚麼後遺症。之後我吃了一顆退燒丸，全身出汗濕透過後，我整個人回復正常狀態了。我不清楚他們要給我看這景象的用意，或許是透過我這高靈人士，讓別人知道他們在等接收祭品吧。」

　　眾所皆知，有句俗語謂「有主歸主，無主歸廟」，照計一眾遊魂可寄居於廟內受香火的，說不定因開庫那天人氣過盛，部分眾生要走出廟外迴避一下吧。JJ 的經歷，再次證明身為一名「高靈人士」也有避不了的煩惱。

鬼線人

　　《鬼線人》是一部根據真人真事所改編的美國超自然電視劇，內容是講述一名女「高靈人士」，透過她的超能力協助鳳凰城地方政府解破一些奇難雜症，成為人與鬼之間的溝通橋樑。筆者認識很多「高靈人士」，其中一位名叫 Cleo，由於她更精通中、西占卦術，所以我給她「鬼線人」的稱號。

　　筆者相信每個擁有這種特異能力的人，如果不是天賦的，應是發生了開啓這天賦的事情，一般來說是死過翻生意外而來的，Cleo 就是屬於後者了。「我很記得，當年是 1976 年，我大約 11 歲，那天我如常吃完早餐便返學，由於差不多接近打鐘，我如一支箭走得很急，結果我聽到嘭的一聲，右邊額頭感覺有點點痛楚，我沒有理會，繼續飛奔上路。但我眼前的景象已變成了黑白色，以及上下是倒轉的。」當 Cleo 返到了自己的坐位後，老師、同學見狀被嚇得手足無措，因為她已滿頭鮮血，立刻將她送入醫院。

　　到了醫院後 Cleo 一直如昏迷狀態，但到凌晨三點她終於醒過來。「我睜開雙眼時，我知道自己在醫院了，亦開始真正感受到頭部的痛楚。然後，我在迷糊間聽到在遠處女廁那方向傳來怪聲，就如有人拿著一大堆很重很粗的鐵鏈，慢慢一步一步走到我床邊，那堆鐵鏈最後被放在我的床邊，聲音亦頓時停止了，我害怕得將被子

蓋頭。但突然我聽到在旁的另一病人發出喘嗚聲,我便大叫護士過來,她們更將我抱起,之後我清楚聽到旁邊病人發出一口氣,然後便離開了。」

　　事後,Cleo 將剛才所聽所聞告訴護士,「她們說相信我的說話,因為這種所謂的鐵鏈聲也是常出現的,還告訴我一個小秘密。」原來,那個病人的床號是像詛咒一樣,沒有人可健康走出醫院的。「姑娘說,她們見我年紀小,而且送入來時已很嚴重,如果將我送上這張病床,恐怕我會過不到 24 小時,我到今天仍很感激她們。」Cleo 與死神擦身而過後,便有今天的超能力了。

靈堂送先人 惹上一家靈體

筆者最近打聽到幾個在靈堂送別親人而惹到靈體的怪事。

個案一：有觀眾到靈堂送別嫲嫲，在儀式進行中，他的一個「高靈」舅父突然渾身不自在，面色大變兼不斷標汗。細問之下，原來他看到有六、七個黑影衝入靈堂，站在一邊看著喃嘸師傅做儀式。他見舅父面色不對，所以由他抱起舅父的兒子。「不久後，我突然異常頭暈及想嘔，我的兒子又突然嚎哭，完全控制不了，家人已感到不對勁。而我爸爸是個法科師傅，他立刻將佛牌戴到我囝囝身上，還吩咐我帶他落樓迴避一下。」原來那幾個黑影應該是觀眾中一些已去世的親人，「我們之後查到應該是爸爸的一個兄弟上了我兒子身，他到來的目的是送他媽媽一程，而最不可思議的是，就連我爸爸也不知道有這個兄弟，真的不能不相信有這回事」。

個案二：事主是筆者一位電視台的幕後同事，他當時大約五、六歲。「那晚我們在紅磡一間殯儀館為爺爺設靈，入夜後很多親友已歸家，媽媽吩咐我要在火爐邊不停為爺爺燒衣紙。忽然，我看到從外面有一堆黑影衝入了爺爺的靈寢室，由於年紀太小不知道是甚麼，走入去看又沒有甚麼發生，我便立刻告訴媽媽剛才所看到的事，當然她不相信我所看到的東西。之後，我聽到一把小女孩的聲音出現，但卻聽不清楚說甚麼。」然而自此事後，

這位同事持續發燒甚至出現嘔吐情況，「初時家人只以為我是小毛病，但大約一年之後，我身體上出現異常，我的乳房離奇地發育起來，就像一個發育中的女生一樣，醫生只認為我吃了太多有激素的東西，醫了一段時間仍沒好轉，最後用法科才知道有個女小朋友靈體上了我身。」其實到現在，事主已是成年男士，但他仍自覺其乳房狀態與一般男士有點不同，這可能是個後遺症吧！

前香港騎師生死一劫後經常撞鬼

　　疫情下香港人搭飛機出行無望，惟有上網看影片望梅止渴。最近筆者在影片上看到，有一位居泰港人名叫Tony，他在泰國拍了很多旅遊片段，甚至一個人闖入靈異地方實地拍攝，吸引了筆者的眼球。

　　原來 Tony 做 YouTuber 之前，在香港曾是一位騎師，他14歲開始已是告東尼門下的實習生，之後便不斷出賽，可惜後來因為傷患，甚至意外墮馬，最後放棄騎師生涯。而他亦因為這次意外與靈異有頻繁的接觸，「我記得那次我昏迷了大概兩三天，之後突然醒來就看到自己的靈魂飄了上病房半空，從上而下看到自己的肉身，當時腦裡一片空白，只叫自己鎮定，繼而慢慢將自己的靈魂降下回身軀，這時我才真正得到甦醒，之後不知為何我便常看到靈體。」

　　對 Tony 來說，最恐怖的經歷便是在泰國清邁發生。「我喜歡一個人到處闖蕩拍攝，之前去了一個清邁山洞，那裡算是一個半旅遊區，有不少泰國當地人會前往拜神拜鬼，聽說也有當地巫師會在那山洞裡面作祭祀。入去前已有人勸我大約五點前要離開，否則可能有危險。但當我拍攝時進入忘我境界，那裡的東西使我很好奇，愈走愈遠愈行愈入。突然看到一塊石頭出現很多血手印，我還說笑是甚麼降龍十八掌，就在這刻突然感覺到有一股寒風經過我身邊，亦開始聽到很多古怪聲音，像鬼食

泥一樣，之後我便急急腳離開。」當 Tony 返到酒店後連串怪事便開始發生。「電視及洗手間的水龍頭突然開了，之後感到有人用手指彈我的額頭及玩弄我的嘴唇，更恐怖的是，有一把聲音叫我還他拖鞋，我二話不說執拾行李落 lobby，當我拿起背囊時，竟見到一隻不屬於我的拖鞋，真的很恐怖。當地人建議我到附近一間廟宇找和尚做點法事，離奇的是，我還沒說甚麼，那個高僧跟我說，有一個男人和一個小朋友靈體跟著我。後來他給我做點法事來潔淨，便再沒有甚麼怪事發生。」港泰兩地暫時雖全面通關，但大家仍可找 Thai Tony 的頻道一看。

肺炎中招家居隔離都撞鬼

筆者大概在 2022 年 8 月次份不幸中了新冠肺炎（其實所謂不幸，也不算甚麼不幸，中招只是時間問題），但由於可居家隔離，可說不幸中之大幸。可是，筆者沒有想到，竟然在這期間遇上了一件似曾相識的靈異事件。

當時，大約凌晨一點鐘左右，筆者收到弟弟WhatsApp 訊息，他告訴我數個鐘頭前，帶狗隻落街散步回家之後，牠一直表現得很不安，不停在大廳周圍來來回回，偶然又會發出一些哀鳴，甚至乎向著窗外狂吠。弟弟大約於半年前領養牠回來，一直無事，而且非常乖巧，這種異常舉動，是狗狗第一次發生。由於弟弟認識一位動物傳心師，他第一時間拍片段給傳心師看，結果得知，原來家裡出現一男一女靈體，相信是散步時惹回來，狗狗應該是看到陌生人入了屋而出現不安。

弟弟要求將片段傳給一些高靈人士或師傅再作查證，一位高靈人士回覆說：「沒錯，果然有一對男女進入了單位內，不過應該沒有惡意，可能因為他們散步的地方靠近墳場，而惹上了這對男女的靈。」高靈人士向筆者說：「叫弟弟用一些四葉水噴向屋內四周，並準備三束香枝，一束上給地主，另外兩束放在門外給那對男女靈，我會再遙距作法保護，他們應該會很快離開。」果然，大約半小時後狗狗便安靜下來，弟弟亦可上床休息了。

　　本來這只是件小小靈異事件，亦與筆者沒有直接關係，豈料筆者翌日早上中招。當天在睡夢中，突然右邊耳朵聽到了一下很清晰狗吠聲，響聲足以令筆者整個人彈了起來。筆者家裡沒有寵物，但竟聽到這下狗吠聲呢？而且與昨晚的事那麼巧合？高靈人士回覆說：「雖然這是你家庭成員的事，但實際上你弟弟是第一身求助人，你今次代他找師傅，亦算插手事件，所以是該靈體向你作出的警告。不過，放心，這是件小事，我會作處理，應該不會再發生的。」

　　所以，原來別亂做中間人！

銀行有靈體原來關保險箱事

　　銀行同靈異事件看似風馬牛不相及，但原來不少銀行也發生過一些難以解釋的事情。早前有一位女觀眾致電筆者的靈異節目，分享了兩件發生於元朗某銀行的靈異事件。

　　女觀眾說，這間銀行位於元朗大馬路一條極之繁忙的街道。「有一天我帶兩個客人到銀行二樓最尾的房間討論事情，這間房跟其他客房的設計有所不同，它是密封式，但玻璃是透明的。當時那道木門並沒完全關上，突然像有一股很大的風將它關起來。之後我將門打開，它又再自動關上，由於之前已聽過同事說這房間的怪事，我便向著空氣說，請不要再玩好嗎？之後，便沒有怪事發生，兩個客人也感到非常愕然。」根據那女觀眾說，很多同事都知道有一個靈體小朋友，喜歡在這間房逗留及玩耍。

　　除了這個房間外，銀行一樓大堂，有兩個同事的位置也出現過怪事。「那天銀行經已關門，只有四個負責櫃枱的同事要留夜點工作。突然間有同事聽到在角落的一個位置，傳來一把男人喃喃自語的聲音，他最初以為該坐位同事放上了唸佛機，因為事發那天正是七月十四。由於聲音一直響個不停，該同事亦否認擺放了唸佛機，四人便立刻離開公司了。」

　　後來，同事向相熟的兩位法科師傅查問，師傅們不約而同說，那個位置的確有一位男靈體存在，同事聽後只能放上一些辟邪工具作壓。「據我所知，有些人會放先人的骨灰入銀行保管箱，而銀行沒有權先詢問他們放入的物品是甚麼，可能這就是銀行鬧鬼的原因。」

的士司機撞鬼事件

　　夜更司機例如巴士、小巴或的士司機，是否有較大機會撞鬼呢？當然相對日更的司機來說，答案應該是對的。不過，根據筆者多年來收集的靈異故事經驗，實際上又不是太多相關個案。近日有觀眾提供一個的士司機的遇鬼事件，而且情節頗令人難以想像，故值得在此與讀者們分享。

　　一位女觀眾透露，她認識一位相熟的士司機，就曾遇上一件非常難忘的靈異事件。「那一晚，的士司機在九龍的酒吧區，載到一名男乘客，但在打開後座的車門上車前，他卻先走到前面打開前座位的門，然後才返回後面乘客座位。當時司機以為乘客可能醉了，才作出古怪行為，這些情況偶然也會出現，所以也不以為然，而男乘客的目的地，是去新界較偏遠的地區。當該乘客上車之後，司機聞到強烈的酒精氣味，很自然便聯想到是從乘客身上傳過來的，據司機形容當時的氣味相當濃烈，甚至令他有想嘔的感覺。」

　　然而，當的士駛到高速公路時，男乘突然叫司機在前面的避車處停車，還說了一句：「有人要落車。」這時，的士司機心裡想，可能乘客不舒服需要停車嘔吐，所以便按著他要求停在避車處。可是，該男乘客打開後座車門後，竟然走到前面乘客位打開車門，之後再返回座位，的士司機對他的舉動大惑不解。

　　司機按捺不住便問他究竟發生甚麼事，男乘客就說，「車上酒味根本與我無關，是有個靈體一直跟著我，要我讓他坐一轉順風車，而那個靈體需要在避車處落車，所以便向你提出這個要求。」當那個靈體下車後，車上的酒精氣味不久後便完全消失，事後的士司機為了保平安，請了很多平安符之類的東西掛在車內。「我很熟悉那個的士司機，很相信這個經歷是真實的。」女觀眾補充說。

港女墳頭影相影出大禍

近年興起「廢攝」，意思是專走到一些已荒廢很久的大宅或建築物等裡面進行攝影，由於日久失修，部分結構已存危險。可是，一些「龍友」卻會為一張自覺有藝術美感的相片鋌而走險，分分鐘會弄出人命。然而，最近「廢攝」之風竟然漫延至墳場，有年輕人選擇到墳場，在先人的墓前拍照，原來這種「墳攝」的危險性與「廢攝」無異，甚至有機會陪葬。

大約兩年前有報道指一名年輕女子，到和合石墳場，穿上有哥德色彩的衣服，走到先人墳前拍照，之後更洋洋得意地上載於社交平台，但不少人看了之後覺得其行為對先人不敬，惹起了廣泛討論。雖然事主後來也立刻刪除相片，不過已被媒體刊登出來。筆者看罷，亦在節目裡提及此事，翌日即收到了觀眾的回應。

該女觀眾同樣看到這篇報道，她回應說：「在大約廿年前，我朋友的女兒曾走到墳場影相，之後更將整疊相片曬出來，然後放入枕頭底，不久後她開始生血癌，繼而大量脫髮，其父母發現時已是數個月之後的事了。再問個究竟時，才知道她去墳場影過那輯相，結果要她全部燒掉，可能是師傅教他們要到那墳前叩頭認錯先人才放過她。其實，本來話先人一定要個女仔死才心息的，最後大家傾好才放她一馬，所以得罪先人真的可以很大件事。」

　　此外，筆者還記得多年前轟動香港靈異界的「油麻地地鐵月台詭異跳軌」事件的女主角，也據說是曾和一班同學到過赤柱墳場影相而出事的。

　　年輕人或許不相信鬼神之說，但要學會懂得尊重人、鬼、神。

一個死過翻生的人

筆者曾寫過一個「假死」或死過翻生的個案，想不到最近又在一位朋友的介紹下，認識另一位曾遇「假死」的真實個案，事主表示：「我突然醒來後，發現自己原來已在醫院殮房內，給一張白布蓋著全身，而且是裸體的，我立刻用布包著自己的身體衝出殮房，剛經過的女職員被我嚇得大叫起來。」

事主叫「卡辛」，他向筆者憶述事發經過：「大約七、八年前的一晚，我和朋友正在餐廳吃飯，其時因為我需要打一個電話，於是便走出店外處理，但當打完那個電話後，我便忽然失憶，完全不知道自己是誰，為甚麼會在這個地方，我唯有查看手機上通訊錄的第一人，然後打給他，說出目前的情況，於是那個朋友聯絡了另一人前來接應我，由那個電話之後的事，也是朋友們事後告訴我的。」據卡辛所說，這段期間他的記憶停留八十年代，他只記得有北角的汽車渡輪碼頭，但自己應該在甚麼地方工作便完全忘記了。「當時我的體溫飆升到約四十多度，甚至電子探熱針也會因為我體溫超標而只會呈示 H 字樣。此外，我身體起了很大的變化，因我廿多天內不吃東西、飲水，甚至睡覺，結果我由約一百七十磅跌到只有一百三十磅左右。除了體重之外，我根本沒有什麼特別大問題，醫生也找不出甚麼原因，之後我便被送入醫院受觀察及作研究，結果我一醒便在殮房了。」

　　究竟在這個被判斷為死亡的時間裡，卡辛有沒有看到異象呢？「我又真的沒有看到任何奇怪東西，甚麼鬼神的事也沒有。」之後卡辛在徹底檢查後發現，原來他的身體基因有兩組出現了突變，醫生認為有機會影響他的飲食和休息系統。「我現在算是已回復正常，但隨時又有可能再發作的，我已有心理準備了。」卡辛的經歷又豐富了我的靈異旅程。

巴士司機連環撞鬼

很多人喜歡聽巴士或的士司機講鬼古，因為他們長時間在路面工作，加上接觸大量乘客，基本上任何想像不到的東西也有機會發生，所以司機的鬼古是引人入勝的。傳聞巴士司機揸尾班車容易撞鬼，究竟是真的嗎？

早前一位已揸了七年新界區的巴士司機來電，他證實了這個傳聞。「那夜凌晨二時左右，我揸著尾班車返深井，在接近麵包廠時，突然有把女聲輕輕在我耳邊叮囑叫我小心點，由於工作到尾班車時段，說實我已感到有點疲倦，就因為有這把聲音出現，使我頓時醒過來。就在這時不到兩個車位，我看到一架壞車停在路側，如果不是她的提醒，我相信已撞了過去，真的是一額汗。」這件事只有聲音出現，但另一邊卻見到了影像。

那次又是司機「吉車」回廠時所遇到的。「我們返到車廠要去油坑入油時，通常會看著右邊鏡留意入油的狀況，當時我又無聊在看中鏡，一望竟然發現有一個中年女人坐於下層中尾位，而且還綁上安全帶。我心想為甚麼還有乘客在呢？於是我回頭一看，但又不到她存在。會是自己眼花嗎？我再看多次鏡中的倒影時，她仍然存在，我心知不妙了。當入完油時，我故作鎮定輕輕回望她，她又不見了，我不敢多事收工便算了。」

筆者也聽過不少曾發生車禍的巴士，修理過後仍會繼

續行走服務,而種事故事也有傳出不少怪事。「今次又是一次返廠所遇上的事,突然乘客落車的按鐘連環響起『叮叮～叮叮～叮叮～』,情況有如乘客忘記落車而連續按鐘提示司機般,但當時當然沒有乘客,我便立刻找個適合位置開車門,好讓這班好兄弟下車吧,而這架巴士曾在彌敦道涉及一宗致命意外。」翻查資料,在2018年一名七旬老婦死於彌敦道的一宗巴士意外,不知是否與這件靈異事件有關。

鬼屋搞市集真係有位

因為疫情的關係，香港人的消費模式經已有所改變。近年香港各區都興起市集，可買到各式各樣的產品。筆者的公司也舉行自家市集，舉辦的地點是在銅鑼灣一間以鬼為主題的餐廳及鬼屋進行，檔攤大多以買水晶、占卜及身心靈的產品為主。兩日一共吸引近 6,000 人次入場，非常熱鬧。可是在第二天，竟然發生了靈異事件。

當筆者聽到這件事後，便第一時間找事主了解，可是她當時的情況仍然未能完全恢復狀態，故筆者翌日才打電話給她了解。Crystal 說：「我當晚在餐廳吃完飯之後便去了廁所，再返檔口開工，突然間覺得整個人渾身不舒服，初時以為現場太多人空氣不流通，所以我便叫朋友陪我走出到大門呼吸新鮮空氣，但一段時間後仍未有改善，我整個人開始忽冷忽熱，附近的檔主見到便給我手握一條聖木，希望可以驅除一些負能量。然而，我的牙關開始打震，我知道情況不妙，便立刻找在場的一位師傅求助。師傅來到我身邊時，他第一句便問我是否剛剛去完廁所，他說我剛撞上了一位中年地中海髮型的男靈體，師傅一掌便拍落我胸口，然後在我身上像捉走了一些東西，將它掉進後樓梯。之後他便凌空畫符，再叫我飲下一支符水，過了 20 分鐘左右，我整個人才回復基本狀態。事後筆者致電師傅，原來他早已在廁所一帶看見那個男靈體徘徊，所以不用事主多說也知道是甚麼一回事。」

今次筆者選擇搞市集的地方，並非一般市集，因為他們的老闆早已在節目分享過不少員工遇上靈異事件。對一般人來說或許不能接受，但相信筆者的觀眾不但不介意，甚至乎期待有另類接觸，怪不得這兩天的市集吸引了那麼多人前來。

隧道出現佛地魔妖怪侵襲

今天筆者要分享兩件關於山精妖魅的個案。兩位事主不約而同在隧道內親眼目擊，由於與一般靈異個案發生的情節有所不同，信不信便由閣下自行判斷吧。

筆者認識一位化妝師，她有一位非常「高靈」的女性朋友，經常遇到一些超離地靈異事件。「大約在數年前，我當時住在元朗大型屋苑，每天要駕車進出。那夜大約凌晨 12 點左右，我獨個兒駕車經大欖隧道返元朗，當進入隧道不久，突然間一個龐大黑影伏在我的擋風玻璃上，這件物體如一個成人的形態，我來不及反應。他用很凶狠的眼光望著我，有如小說中的佛地魔，是半透明狀的，我仍然能夠看見前路，雖然當時很害怕，但我知道要緊握軚盤，否則會發生意外。我看見他好像很想衝入車廂，但由於我有宗教信仰，車廂內也貼上很多平安符，所以他無法進入。出隧道後他仍然在我的擋風玻璃上，當時我心想要盡快盡返到自己的屋苑才安全。果然，當我駛進大閘之後，那個物體已經消失了，我估計因屋苑前有一座土地廟，他便不能進入。」筆者聽到她的分享後，心裡也不期然說了一句：「會太誇張嗎？」

事件過了一個星期，竟然有一位男聽眾有大同小異的經歷，聽眾就是因為聽到這個個案才作回應。「這件事大約發生在 20 多年前，那夜大約在凌晨時間，我獨自駕車經城門隧道返荃灣，情況就如那女聽眾一樣，突然

在擋風玻璃上出現一件怪物，真的如那個女觀眾所說像佛地魔一樣，他同樣以凌厲的眼光望着我，而且是血紅色的，我還看到他在擋風玻璃上，嘗試吸食甚麼的，真的很恐怖。我當時整個人像被他控制不能移動，過了 10 數秒後，突然看到他彈過去隔離行車線的大貨櫃車上，但他的面仍向着我。到了隧道外，那物體進了一個似山洞的地方，我還見到一團的綠色光，之後便消失了。事後我根本不能相信所看到的東西，他究竟是甚麼呢？」

雖然這兩個個案聽起來有點離地，但靈異事件往往是超乎我們想像之外，所以也會抱着半相信的態度，閣下有何看法呢？

保安導師爆看守墳場鬼故

人稱 Ling Sir 的保安導師，從事培訓保安人員已有 14 年，批出的保安牌照已接近二百萬張。Ling Sir 說，現在他們教出來當保安的，必須要有責任感及擁有專業知識，要打破以往一般人認為保安只是懂得偷懶的行為。Ling Sir 大爆料駐守墳場時所看到的靈異事件，以及一些不為人所知的人鬼情未了個案。「要一個人每晚走遍整個漆黑黑的墳場，真是少些膽量也不行。我之前曾駐守過下葬不少名人的將軍澳墳場，每晚都要經過他們的墳墓，久而久之好像變成他們的朋友一樣，有時也會看到一些似是而非的靈異事件。」

有一件事令 Ling Sir 印象很深刻，而且很感動。「當晚大約十點半左右，我如常一個人巡邏，在不遠處的墳墓，我看到一個像人影的東西，心裡突然緊張起來，究竟是甚麼呢？當再行近時發現原來真是個中年男士，他看到我時很緊張地說，『不好意思，我知道墳場已關門，希望你可以通融一下，因為我真的很想念我太太，我有很多說話要跟她說，我不會阻礙你們工作的。』他說話時已哽咽，看到這情況我也不忍心趕他走，這種人鬼情未了是令人感動的。」

當然，在墳場裡的確有個靈異事件。「曾經試過臨近七月十四，我在遠處看到墳頭上有些光點在移動，初時我以為是拜祭先人留下來的蠟燭光，當走近時便看到

原來是一些飄浮在空中的白光點，但很快便消失。一位有靈異感應的同事便告訴我，這些應該是先人來的，他們喜歡聚集在一起，這種情況很多時會在鬼月出現。另一次更恐怖的是，有位同事去到靈灰閣巡更，他看到其中一個先人牌位的玻璃門被打開，心裡面說，誰拜祭後沒好好關上門。當他返轉頭再看時，竟然有二、三十個牌位玻璃門全部被打開。我知道他應該是說了不尊敬的話，之後我着他立刻上香拜祭。」筆者覺得 Ling Sir 一臉正氣，聲如洪鐘，他知道做墳場保安是本着為先人服務，所以根本沒有恐懼過：「人鬼神互相尊重的話，根本沒甚麼可怕。」

澳門賭場靈界事件

　　之前因為疫情關係澳門賭博業翻起前所未有的巨變，不少賭場貴賓廳相繼傳出倒閉，究竟這件事的發展何去何從，我們還是靜心觀看其變化。不過，提起澳門賭場，筆者一向收到不少關於這方面的靈異事件。

　　賭場是一個主、客互相角力的地方，賭場主家與賭仔雙方都會利用風水玄學甚至乎靈界的幫助。不少香港師傅向筆者承認，他們曾經為不同的賭場布下風水局，甚至要求師傅坐直升機即時過澳門為賭場破解賭仔的法術。早前有一位跟筆者分享個案，「幾年前澳門賭業仍很蓬勃，有一晚我收到求助，話說某賭場的貴賓廳來了一位大陸客人，在數天裡贏了數千萬，而服務他的一位女中介突然吐血，經當地一位師傅查看後，原來這位客人向這中介落了像愛情降頭那般的法術。由於那位師傅力有不逮，便邀請我即時過澳門處理。當我去到見到他時，已知道他是運用了一些邪術，我即時作出反擊，過了一會他輸了大概數百萬元，而他亦很醒目，離開賭枱一會作休息。之後他又重來，再贏了一筆巨款。那位女中介向我透露，原來這位人士在其房間早已擺放了十多具很貴重的鬼仔神像，據知它們全是來自柬埔寨的法術，我便立刻切斷連繫著房間與他之間的法術，最後那位人士輸掉數千萬，而他所用的法術，是我在澳門見過算是很厲害的一種。」

　　至於在賭場那一方，當然亦都擺放了不少風水及法術來贏取客人的金錢，呂師傅再補充說：「我知道不少賭枱下會貼上符咒，地板裡也會布滿金針，上面再用地氈蓋着，當有客人踏上地氈上，法術便起作用，所以賭場與客人之間，絕對是一個『你有張良計，我有過牆梯』的法術比賽。」

　　老生常談一句「十賭九輸」，又或者只能小賭怡情。不過，因為相信這三年來疫情的關係，香港的賭仔不能過大海，或者已經慳回不少了。

書　　　　名	我只是一個講鬼古的人	
作　　　者	潘紹聰	
字 體 創 作	練黑龍	
制　　　作	好大間有限公司 Big Big Air	
封 面 設 計	Melody Kwok	
封 面 攝 影	Billy Kiang	
插　　　畫	Keyla	
文 字 校 對	Vicky Fan、Nicole Lee	
出　　　版	超媒體出版有限公司	
地　　　址	荃灣柴灣角街34-36號萬達來工業中心21樓02室	
出版計劃查詢	（852）3596 4296	
電　　　郵	info@easy-publish.org	
網　　　址	http://www.easy-publish.org	
香 港 總 經 銷	聯合新零售（香港）有限公司	
出 版 日 期	2023年5月	
圖 書 分 類	靈異故事	
國 際 書 號	978-988-8806-73-7	
定　　　價	HK$98	

Printed and Published in Hong Kong